双葉文庫

道後温泉 湯築屋❹

神様のお宿はお祭り騒ぎです

田井ノエル

神様のお宿は
お祭り騒ぎです

目次

contents

祭. お客様は神様です 005

霊. お宿の幽霊従業員 119

競. 大晦日の頂上決戦 200

夢. 忘却の水底に漂う 244

終. 恋みくじに未来は 252

湯築九十九《ゆづきつくも》

道後の温泉旅館『湯築屋』の若女将。
稲荷神白夜命に仕える巫女で妻。

シロ

稲荷神白夜命《いなりのかみびゃくやのみこと》。
『湯築屋』のオーナー。

コマ

『湯築屋』の仲居。
狐だが変化が苦手。

カランコロン。

古き温泉街に、お宿が一軒ありまして。

傷を癒やす神の湯とされる泉——松山道後《まつやまどうご》。この地の湯には、神の力を癒やす効果があるそうで。

そのお宿、見た目は木造平屋でそれなりに風情もあるが、地味。暖簾《のれん》には宿の名前である「湯築屋《ゆづきや》」とだけ。

しかしながら、このお宿。普通の人間は足を踏み入れることができないとか。

でも、暖簾を潜った客は、その意味をきっと理解するのです。

そこに宿泊することができるお客様であるならば。

そう。

このお宿に訪れるお客様は、神様なのだから。

祭．お客様は神様です

1

その珍妙な姿に、誰もが固唾《かたず》を呑んでいた。

テーブルを囲んでいるのは、九十九《つくも》に小夜子《さよこ》、京《みやこ》、そして、将崇《まさたか》……いつもの面子《メンツ》である。

すでに定番になりつつあった。

先ほどまではみんな床に黒いカバンを投げ出して、目当ての料理を待っていた。和気あいあいと、会話を弾ませていた時間がすでに懐かしい。

女子プラス一匹のトークは楽しかった。他愛もないことが、素晴らしく感じられる。青春の一幕とは、これだろう。と、なんとなく悟った気分になれた。

だが、ソレが来た瞬間から、空気が変わる。

みんな、ピタリと会話を止めてしまった。

「これが……」

最初に口を開いたのは、将崇だった。

ゴクリと唾を呑み込む音がする。

「とんかつパフェ……！」

四人の前にそれぞれ置かれたのは、とんかつパフェだった。

そう。

文字通りの、とんかつのパフェである。

店の表《おもて》に貼ってあったポスターと同じ姿のパフェだ。

ガラスの器の底には抹茶アイスが見えた。彩りのよい寒天とフルーツ、クリームによって飾られる姿は、まさしくパフェである。

そして、器を囲むように薄切りのりんごと……きつね色の揚げ物が交互に刺さっていた。

「ねえ、ソースまでかかっとんやけど……」

京が訝《いぶか》しげに、パフェに刺さった揚げ物――とんかつを観察する。

「これ、食べ方だって」

小夜子が店員に渡されたカードを、みんなにも見えるようテーブルに置いた。

そこには、とんかつパフェを食べるための順序が書いてある。

表面には、心得、とあった。あくまで、デザートとして、パフェを食べるよう記載されている。

裏面にあるのは、手順だ。

パフェに刺さったとんかつを手でつかみ、抹茶アイスとクリームをのせる。そして、スライスりんごを合体させ、食べるらしい。

「分離させるんは、なしなんかな？　とんかつと甘いものは、別々に食べたほうが絶対美味しいと思うんやけど」

「とんかつパフェ食べたいって言ったの、京でしょ？」

「ぐ……」

往生際の悪い京を横に、九十九はため息をつく。

この形は、おそらく、メニューの考案者が編み出した最善の食べ方なのだ。これが一番美味しいから、わざわざ説明が書いてあるに違いない。

であれば、それに則《のっと》って食べるのが流儀だ。

九十九だって、いつもお客様のことを考えている。考えて、考えて、最良のおもてなしをするのだ。お客様の都合で、おもてなしの形が変わってしまうときは、ちょっと悲しい。

もちろん、お客様が喜ぶなら、それが一番いいのだけれど。

だから、最初は手順通りに食べることにする。

「ゆづ！」

京の制止も聞かず、九十九はとんかつを手づかみした。

手順通りに、薄いカツに甘いトッピングをあわせていく。

完成形をまじまじとながめてみた。指が汚れてしまったが、フィンガーボールが用意されているから大丈夫だ。

「ん……」

九十九は意を決して、唇を開く。いろいろ重ねたので、縦に大きく口を開かねばならなかったが、問題ない。

すべての味が一つになったパフェは無事に、口へと。

「ん?」

りんごのシャリシャリ感と、衣のザクザク感。温かさと冷たさが、マッチしていた。ソースの塩気が抹茶アイスの甘さと調和しており、絶妙だ。とんかつの肉は淡白で薄く、お菓子のような感覚だった。抹茶の苦みがあとに残り、嫌味がない。りんごのおかげで、揚げ物のしつこさも中和されていた。

「これ……意外と、ううん。普通に美味しい!」

九十九はパッと笑みを弾ませ、次の一口の準備をする。

それを号令に、将崇と小夜子、京も、とんかつパフェに手を出した。

「本当だ。これ、美味いな……爺様《じじさま》にも食べさせたいぞ」

「うん。とっても美味しいね。とんかつが駄菓子みたい!」

「嘘やん……普通に美味しいんやけど」

安全が確保されると、みんなでパフェを組み立てて食べる。この作業も実に楽しい。他のフルーツを盛りつけたり、クリームを多めにしたり。

ただ、九十九は基本形が一番美味しいと感じるのだった。やはり、これが黄金比だ。考えられて作られていると思う。

先ほどまで冷え込んでいた会話が、一気に花咲く。やはり、美味しいものを食べるのはいい。緊張が解《ほぐ》れたこともあり、楽しさもひとしおである。

そこに、お店の扉が開いた。

「とんかつパフェを、いただけますかね？」

入店して、一番にとんかつパフェを注文する客がいた。

ニコニコとした笑顔が特徴的だ。口調がハキハキとしており、絵に描いたような好青年である。

その顔に、九十九は見覚えがあった。

「あ、ただ……田嶋《たじま》さん！」

「？……ああ、湯築さんところのお嬢さん」

つい、本当の名前で呼んでしまいそうになったが、今は京がいる。九十九は、グッとこらえた。

田道間守《たぢまもり》は、神様だ。

人の姿では、田嶋を名乗っていた。

湯築屋のご近所様で、中嶋《なかじま》神社の祭神である。旅館にも、ときどき遊びに来てくれる顔なじみだった。

田道間守は全国でも珍しいお菓子の神様だ。

元は人間だったが、垂仁《すいにん》天皇の命で常世《とこよ》へ、不老不死の霊薬を探しに行ったとされている。田道間守は十年かけて、常世から橘《たちばな》の実を持ち帰った。

橘は、みかんの原型だ。昔は甘味《かんみ》も少なかったので、橘を加工した菓子が多かったらしい。

そういう由縁があり、田道間守はお菓子の神様として信仰されるようになった。

「稲荷神《いなりのかみ》は元気ですか？」

京の前なのに、田道間守はそんな話題をふった。京以外の面子が従業員と狸の将崇なので、おそらく、意識していない。

不思議に思った京が、首を傾《かし》げている。

「いなり？」

「え、え？　えーっと……いなり寿司は昨日食べましたよ！　田嶋さん！　わたし、とっても元気です！」

京の言葉を遮って、九十九は田道間守に向かって、首をブンブン横にふった。

田道間守は、ようやく理解して、「嗚呼《ああ》、わかりました」と軽く笑う。

「何《なん》なん？　ゆづ、知りあい？」

「うん、まあ……うちのご近所さん」

「ふうん」

嘘はついていないので、セーフだ。

田道間守は道後温泉の各所にも顔が利く。湯築屋に道後の湯を配管できるように手配してくれたのも、実は彼だったりする。

道後温泉の湯は四ヶ所あるポンプで汲みあげられており、各施設へ配管されていた。その仕組みができたときに、湯築屋も候補に入れてくれたのだ。ありがたい。

温泉街の一部の関係者は湯築屋や、そこに訪れるお客様の特異性を理解している。旅館を経営する以上、不可欠だった。

「田嶋さんも、とんかつパフェを食べるんですか？」

「最近、甘味巡りが趣味でして。でも、甘いものばかり食べていると、塩気も欲しくなるでしょう？」

とんかつパフェは、塩気扱い。

さすがは、お菓子の神様。そういえば、かなりの甘党で、湯築屋に来ても甘いものしか食べていなかった気がする。

田道間守は、やってきたパフェを嬉しそうに組み立てていた。

「ちょっと、うちお手洗い行ってこうわい。ちゃんと手洗いたいし」

パフェを食べ終わった京が立ちあがる。

フィンガーボールが用意されているとはいえ、しっかり手を洗いたい気持ちは、理解できた。九十九も、あとで洗いに行こう。

京が席を立ったのを確認して、田道間守が小声で九十九に話しかける。

「そうそう、湯築さん……うちの橘を知りませんか？」

「え？　橘、ですか？」

一瞬、なんの話かわからなかった。

おそらく、田道間守が育てている橘のことだ。

中嶋神社には、結界が張られている。田道間守が認めた者ならば、誰でも出入り可能だ。湯築屋の結界と似ているが、もっと弱いもので、一般の人々の目から隠すのが主な役割らしい。

そこには橘の木が植えてあるそうだ。

田道間守が育てる橘は正真正銘の霊薬である。道後温泉の神気を吸って育っており、不老不死の力があるとされていた。

九十九のような人間が持ち出していいものではないと教えられている。

「少し前から、数個ずつ消えていまして……」

「え……それ、まずいんじゃないですか？」

持ち出した目的によっては、大変なことだった。

神様の加護や力は、特別だ。

易々と、人間が手に入れていいものではない。摂理が狂えば、必ず、綻《ほころ》びが生じる。帳尻をあわせるのは生半可ではないのだと、シロからも聞いていた。

田道間守の橘も、間違いなく、その類である。

「結界に誰が入ったか、わからないんですか？」

「それが……お恥ずかしいことに、稲荷神ほど万能な結界ではないもので。たぶん、神気を持たない人間ではないと思うのですが……」

田道間守は不思議そうに顎《あご》をなでる。

その顔は、みるみるうちに笑顔をなくし、悲しげに歪《ゆが》んでいく。仕舞いには顔をくしゃくしゃにして、滂沱《ぼうだ》の涙を流しはじめた。

あ、スイッチ入っちゃった。

九十九は苦笑いする。

「こんな未熟な私だから……嗚呼……私が至らぬばかりに……私がぁぁぁぁああ！」

田道間守は机に伏して大号泣しはじめてしまった。

「た、田嶋さんのせいじゃないですよ……」

店の人も注目していたので、九十九は思わず慰める。

田道間守は常世から橘を持ち帰った。

しかし、霊薬を欲していた垂仁天皇は、田道間守の帰還を待たずに崩御してしまったのである。彼は悲しみに暮れ、泣き叫びながら死を迎えたらしい。

そのせいなのか……田道間守の涙腺は非常に緩い。いつもニコニコしているが、不意に、号泣することがあるのだ。

こうなると、おさめるのは根気がいる。

「わたし、シロ様にも聞いてみますね。だから、泣かないでください」

「うう……湯築さぁぁぁあああん……お、お、おおおお優しい……！」

田道間守は涙を流しながら、苦笑いする九十九の袖をつかんだ。

そこへ、京が帰ってくる。

「あ、ゆづ！　浮気しよる！」

違う。これは違う。

九十九は笑っている京に、よくわからない言い訳をしなくては、ならなかった。

花園町《はなぞのまち》通りは松山市《まつやまし》駅と堀之内《ほりのうち》公園を繋ぐように続いている。

かつては、老朽化したアーケードや、閉店した店のシャッターが連なっており、薄暗い印象を与えていた。

けれども、松山市を中心とした区画整理計画が立ちあがり、大胆なリノベーションが行われたのだ。歩道を広げるデザイン空間が構築され、芝生広場やデッキが設置された。

現在の花園町通りは広々としたお洒落な町並みへと変身している。

休日は芝生やデッキで遊ぶ家族連れの姿が見られるし、様々なイベントも催されていた。また、町並みにあわせて、女性客狙いの飲食店も増えている。

長年かけて整備してきた結果だ。

松山城やロープウェイ街、道後温泉地区などの観光地だけではなく、市民の生活を明るくする計画が進んでいる。

昔ながらを残しながら、新しい世代へ。

松山市の歩みを体現した風景だと、九十九は感じている。

「すみません、ありがとうございました」

結局、田道間守が落ち着くまでなだめてしまった。とはいえ、平常心に戻ったようで、なによりだ。

「田嶋さんも、電車に乗りますか？」

「いいえ。私はもう一軒、別のカフェへ行ってきます。塩気を摂ったら、やはり、甘味が欲しくなってしまって」

「そ、そうですか……」

この調子だと、無限に甘味を食べ続けるループになりそうだな、と、九十九は苦笑いしそうになった。

だいたい、いつも通りだ。

湯築屋に長期連泊している常連の天照《あまてらす》も言っていたが、神様は基本的に食事を摂取する必要はない。もちろん、太らないらしい。便利な体質だ。

よって、彼らが食事をするのは、完璧に「趣味」である。

「…………」

路面電車で帰る道すがら。

九十九は田道間守の橘が盗まれた話が引っかかっていた。

神様は食事の必要がない。

そして、不老不死の存在でもある。

いや、「死」の概念がないと言うべきか。

神様が消滅するのは、信仰が消え、名前を忘れられたときだ。

そのときは、堕神《おちがみ》となり、やがて、消滅していく。

神様は不老不死の霊薬たる田道間守の橘を求める必要がないのだ。

となると、意味があるのは神ではない。人間である。もしくは、狸の将崇のような妖《あやかし》、そして、鬼だろうか。

しかし、田道間守に気づかれないように、中嶋神社の結界に入り、橘を持ち出せる存在が……果たして、そんなにいるだろうか。田道間守は結界に誰が入ったか特定できないと言っていたが、そもそも、その結界に入れる者が限られているのだ。

知らない誰かが橘を持ち出したとは思えない。無理に入れば、さすがに気がつく。

結局、九十九は道後温泉駅へ帰るまで、ぐるぐると、そのことを考えていた。

「じゃあね、ゆづ」

道後温泉駅に降り立ち、京と別れる。将崇も同じ方向なので、京と一緒に歩いていった。

町家風のカフェや駅のスタバで駄弁《だべ》る日もあるが、今日は胃にとんかつパフェが居座っている。

九十九と小夜子も、湯築屋へ向かって歩いた。

「やあ、稲荷の妻」

道後温泉アーケード街の入り口。

声の主は、大きなあくびをしながら伸びをしていた。つやつやした黒い体毛に包まれるしなやかな身体は愛らしいが、気品もある。

「おタマ様。ただいまです」

猫又のおタマ様だ。

九十九はいつも通り、ペコリと頭をさげた。小夜子も、にっこりと笑う。

「今日の悩みごとは……稲荷神のことではなさそうだね。残念である」

「残念なんですか」

「夫婦喧嘩は犬も食わぬが、猫はそれなりに嗜《たしな》むのだよ」

「は、はあ……」

おタマ様は九十九とシロの夫婦事情に関して、妙に聡《さと》い。勝手に、楽しまれていたようだ。

それでも、気分が悪くならないのは、たまにアドバイスしてもらえるからだろう。

達観しており、人間には無関心そうに見えるが、おタマ様は面倒見がよくて優しい。九十九は、そう思うのだ。

九十九たちを、いつも気にかけてくれている。

それも、気まぐれかもしれないが……いろんな人に支えられていると感じるのは、悪くはない。おタマ様は猫、いや、猫又だけれど。

湯築屋だってそうだ。

たくさんのお客様や、田道間守のような神様、道後温泉街に助けられている。

「あの」

ふと、九十九はちょっとした違和感が気になってしまった。

「お夕マ様って、泳げるんですか？」

「吾輩が？　まさか。泳げるわけがなかろうよ」

どうして、そんなことを聞いてしまったのだろう。いや、こんな聞き方をしてしまったのだろう。

「そうですよね」

「吾輩は猫であるからな」

猫は水が嫌いだ。泳げなくもないらしいが、好んで泳がないだろう。

だが……なんとなく、そう思ってしまったのだ。

それは、些事《さじ》である。

お夕マ様から、道後温泉の神気を感じたのだ。まるで、湯上がりの神様のような……その表現も、しっくりこないのだが。

とはいえ、お夕マ様は道後に住んでいるので、普段から多少の神気を纏《まと》っている。別段、不思議ではない。些細な変化にすぎなかった。

「まあ、そんな日もあるさね」

お夕マ様は、笑いながら気まぐれに歩いていってしまう。

いつもの定食屋の前で、丸くなる。あそこが、おタマ様の定位置であった。

「あ、クロ！」

ちょうど、定食屋から小さな子供が出てきた。小学生くらいの男の子だ。青いパジャマを着ており、顔色があまりよくなかった。

九十九が見たことのない子である。

まん丸な顔は太っているわけではない。浮腫《むく》んでいるのだと思った。歩くだけで、苦しそうに息をしている。

風邪、ではない。なにかの病気……？

「みゃあ」

おタマ様は普通の猫と同じように鳴き、目を細めている。男の子は嬉しそうに、おタマ様に近寄り、なでていた。

クロ、というのは、定食屋でのおタマ様の呼び名だろう。おタマ様はいろんな人から、いろんな呼ばれ方をされているのだ。

それにしても、あの男の子を、おタマ様はかなり気に入っているようだった。おタマ様は気に入らない人間には、そっぽを向く。慣れた相手であっても、なかなかなでさせてはくれないのだ。

こうしていると、普通の猫と飼い主だった。

「九十九ちゃん、行こうか」

「うん」

小夜子にうながされ、九十九は湯築屋へ向かって歩いていく。

坂の向こうには、伊佐爾波《いさにわ》神社へ続く長い石段が見える。

もうすぐ祭りだ。

祭りの日は、この坂を神輿《みこし》がおりてくる。人が大勢集まり、大変にぎわうのだ。道後や松山市民が好きな行事の一つであった。

「小夜子ちゃん、今日も大変だと思うけど、がんばろうね」

「う、うん」

いつもとは、違った意味で気合いを入れる。

もしかすると、この時期の湯築屋が、一年で一番忙しいかもしれない。

2

秋は、いわゆる湯築屋の繁忙期だ。

十月は神無月。

出雲《いずも》に全国の神々が集まるため、他の地では不在となる。と言われているが、語源については諸説あった。

とはいえ、神無月と呼ばれるのも旧暦の話だ。グレゴリウス暦での十月は、あまり関係ない。

「小夜子ちゃん、ご案内終わった?」

「う、うん……!」

この時期は、とにかくお客様が多い。学校から帰宅してから、九十九はずっとお客様の対応に追われていた。

理由は一つしかない。

秋は祭りの季節だ。

県内でも、多くの祭りが開催されていた。

愛媛《えひめ》県民は穏やかでのんびりとした性質であると評される。だが、有名な祭りは案外、過激だった。

巨大な太鼓台《たいこだい》やだんじりが登場したり、石段から神輿を落として破壊したりする祭りなどがある。

道後温泉街を含む松山市内の祭りの華と言えば、喧嘩神輿だ。

神輿と神輿をぶつけて、勝敗を競う鉢合わせが人気を博していた。過激なパフォーマンスを見ようと、集まる県民はたくさんいる。

神様も、同じであった。

ことに、道後には湯築屋がある。

神様を中心に相手する宿屋など、全国にそうない。神様が集まりやすい条件がそろっているのだ。

もちろん、神々は自分の祭りには参加する。

しかし、それ以外の日程を湯築屋で過ごし、道後の祭りを堪能するというのは、もはや、彼らにとって恒例行事であった。

「夕餉《ゆうげ》の支度しなきゃ……」

「ごめん、小夜子ちゃん。今日はお客様たちが盛りあがっちゃったから、宴会場に皆様お集まりになるって、さっき八雲《やくも》さんから聞いたの」

九十九が告げると、小夜子は一瞬だけ疲れた表情をする。だが、仕方ないと割り切ったのか、顔を引き締めた。

さすがは、湯築屋の従業員である。

急な予定変更など、珍しくない。切り替えが早かった。

一番大変なのは、厨房の幸一《こういち》だが……。

「将崇君にも手伝ってもらおうっか。九十九ちゃん、私、連絡するね」

将崇は同級生だが化け狸だ。湯築屋の事情は知っているし、忙しいときは手伝いも頼んでいた。

諸々事情があって、シロには嫌われているけれど……コマの化け術の師匠でもあるし、基本的にはいい子である。

「小夜子ちゃん、最近、躊躇《ちゅうちょ》しなくなったよね……」

「九十九ちゃんのおかげだよ」

小夜子は提案するが早いか、早速、将崇に連絡をとりはじめる。スマホをタップする指に迷いがない。

小夜子も最初は、なにをするにも怯えていて、ひかえめな少女だったが……ずいぶんと、たくましくなった。同時に、とても頼りになる。すでに、湯築屋のやり手従業員だった。

最終的には、いつも小夜子の影にひそんでいる、蝶姫《ちょうひめ》まで呼びはじめている。蝶姫は蝶姫で、表情の見えない能面を顔に貼りつけたまま、小夜子の頼みを聞いていた。彼女は鬼だが、小夜子の友達だ。快諾してくれた。

その様子を見て、九十九はつい微笑んでしまう。

「ということで」

九十九も、小夜子を見習ってみよう。

「シロ様も手伝ってくださいよ」

宙に向けて話しかける。

もちろん、相手はその辺りで会話を聞いていそうな誰かさん――九十九の夫であり、湯築屋のオーナーでもある稲荷神白夜命《びゃくやのみこと》だ。みんな親しみを込めて、「シロ様」と呼んでいる。

そういえば、彼はいつから「シロ様」と呼ばれているのだろう？

白夜命の白から取っているのだと思うが……神社で祀《まつ》られる神様に愛称がつくなど、珍しくはない。九十九は今まで気にしたことがなかった。

「儂《わし》を呼びつけるなど……我が妻は神遣いが荒い」

ふっと風のようなものが吹いたかと思うと、いつの間にか気配が現れる。

藤色の着流し、濃紫の羽織が揺れる。絹糸のような白い髪に、頭の上の狐耳。しかし、尻尾は、ちょっと不機嫌にさがっていた。

「猫の手も借りたいくらいなんです」

「では、猫に頼めばよかろうに」

九十九はため息をつくが、シロは不機嫌を改めなかった。

琥珀《こはく》色の瞳は神秘的で、見つめられるとドキドキしてしまうのに……こういう言い草をされると、ただのわがままを聞いている気分になる。いや、わがままだ。

そんな九十九の気など無視して、シロは懐から出した松山あげをポリポリ食べている。

「いつも思ってますけど……松山あげ、そのまま食べて、むつこくないんですか？」

「別段、気にならぬが？」

「それ、油の塊じゃないですか……絶対、むつこいですよ。触ったら、手もベトベトになるし。味だって、ついてないじゃないですか」

シロは松山あげをそのまま食べるが、本来は、煮物や味噌汁、炊き込みご飯など料理に使う。スナック菓子感覚で食べるのは、本当にシロくらいなものである。

「そういえば、九十九よ。前から指摘しようと思っていたが」

「はい」

「その、むつこいは方言らしいぞ？　前に、天照が不思議そうにしておった」

「え？」

九十九は思わず眉を寄せる。

確認のため、小夜子のほうを見た。小夜子も、「え？」と怪訝《けげん》そうな表情になっている。

二人とも、「むつこい」が方言だと思ってもいなかったのだ。

シロがニタリと笑った。

普通に腹の立つ顔だ。

「じゃあ……むつこいって、他になんて言えばいいんですか？」

たいてい、「むつこい」は味の表現として使用される。

九十九は代用の言葉を思い浮かべるが……。

「脂っこい？　濃い？　甘い？　不味い？　しつこい？　胃がむかむかする？」

「でも、九十九ちゃん。美味しいときでも、ときどき使うよね……むつこい」

「うん……たしかに……」

とりあえず、いろんな意味が思い浮かんでしまう。念のためにスマホで検索をかけると、やはり中四国地方を中心とした方言のようだ。

簡単に「しつこくて、胸焼けする」と説明されているウェブサイトもあり、納得するような、ちょっと違うような……微妙なズレを感じてしまった。

対応する標準語が見つからない。

これは、もやもやする。

日本語って、むずかしい……。

「あ……！」

考え込んでいる隙に、シロが忍び足でその場から離れようとしていた。それを九十九は見逃さず、襟首をつかむ。

「シロ様……誤魔化して逃げようとしましたね！」

「逃げるなどと、人聞きが悪い。儂は、新しい松山あげを厨房に取りに行こうとしておるのだ」

「ありがとうございます。夕餉の手伝いに、厨房へ行っていたんですね？」

「我が妻は難聴か？」

霊体化して逃げなかったので、少しは手伝う気持ちがあるのだろう。そうポジティブに解釈して、九十九は容赦なくシロの尻尾を引っ張った。

「九十九ちゃん、シロ様。気が済んだら、早めに来てね」

二人の様子を見ていた小夜子が、眼鏡の下でニコリと笑う。

その表情は、「ごゆっくり」と言っているようにも、「早くして」と言っているようにも見える。いや、両方の意味だ。

ちょっと怖い。

……本当に、小夜子はたくましくなったものだ。

「はは……シロ様、早く行きますよ！」

少し遊びすぎた。

九十九はシロを引きずりながら歩くのだった。

狸や稲荷神の手も借りて、湯築屋の座敷には宴会の準備が進む。

当初は予定していなかったが、お客様たちの要望だ。

だが、人数が増えると全員の希望に添うのはむずかしくなる。

そして、主張の激しい神様たちの対応には、手を焼いた。

「いえ……ですからね。当方、カレーライスが食べたいと言っておりまして……」

「いあいあいあいあ。お待ちくださりやがれ。せっかくなんだから、お魚を食わせやがれってやつですよ」

九十九が厨房へ行くと、なにやら、言い争いのような声が聞こえてきた。

中をのぞくと、お客様たちに詰め寄られる形で、料理長の幸一が苦笑いしている。対応に困っているようだ。

「なにを言い争っているんですか？」

お客様同士の喧嘩は御法度だ。

九十九は毅然とした態度をとろうと、気を張った。お客様のわがままを聞くのは従業員のつとめだが、喧嘩は駄目である。場合によっては、シロが仲裁する事案だ。

湯築屋の結界の中では、お客様たちの神気は制限される。好き勝手暴れられる危険はないが、それでも、無理を通そうとするお客様は少なくない。

「ああ、つーちゃん」

九十九が現れ、幸一が笑った。ふんわりとした出汁《だし》の香りのように、優しい顔だ。自分の父親ながら、いつも癒やされる。

詰め寄っていたお客様は二人だ。

背が高いスーツ姿の青年は、大国主命《おおくにぬしのみこと》である。

髪はオールバックで、四角い眼鏡をかけており、表情がキリリとしていた。タブレット端末を持たせると、令和のビジネスマンになるだろう。

少彦名命《すくなびこなのみこと》とともに、人々が安心して暮らせる土地の土台を築く「国作り」を行ったと、古事記《こじき》や日本書紀《にほんしょき》には語られている。出雲大社の祭神で、代表的な国津神《くにつかみ》だ。

実は温泉の神様としても有名である。

道後温泉にも、大国主命と少彦名命の伝説が残っており、湯《ゆ》神社に祀られていた。ゆえに、道後温泉や湯築屋には縁深い神様であると言える。

「若女将《わかおかみ》、ちょうどいいところに。当方、カレーライスが食べたいと注文しているのですが……」

大国主命は、たしかに、来館のたびにカレーライスを食べている。

福神漬けたっぷりで。

彼はしばしば、七福神《しちふくじん》の大黒天《だいこくてん》と同一視されていた。その縁があってか、大黒天がよく食べる福神漬けがたっぷりのったカレーライスが好物なのだ。七福神の神々も、よく湯築屋を利用してカレーライスを食べるので、九十九も知っている。

時代とともに神様への信仰の形が変わることは、珍しくない。

本来の役割が薄れたり、後の世代で付与されたり。または、仏教などの伝来によって同一視されたり……そうやって、神々も変わるのだという。

趣味趣向が似通ってくる話もあるのだと、九十九は大国主命を見て学んだ。

「今日は宴会だって言ってやがりますだろうに。カレーなんぞ食われちゃあ、においが充満するんじゃあないのでしょうかね？」

もう一人のお客様が口をはさんだ。

須佐之男命《すさのおのみこと》だった。

天照大神《おおみかみ》の弟神である。

しかしながら、少女のような見目の天照に反して、須佐之男命は精悍《せいかん》な男性だった……というより、一言で表すと、不良？　と言うのだろうか。

裾の長い学ランに、ボロボロの学生帽。服の上からでもわかるほど、ムキムキの大胸筋が張っており、肩幅も広い。

なぜだか、黒電話を小脇に抱えている。もちろん、電話線には繋がっていない。

年に一度、秋祭りの時期に訪れる神様なので、九十九も知っている常連客だった。

二人の主張は相反する。

カレーライスが食べたいという大国主命の希望は大事にしたい。だが、宴席ではカレーのにおいがするという須佐之男命の主張も納得できる。大国主命だけを個室に追いやるのも、違う気がした。

こういう場を調停するのはむずかしい。

九十九は、じっくりとうなってしまった……が、ポンと案が浮かぶ。

「みんなでカレーを食べますか？」

ものすごく初歩的で単純な提案をしてみた。

大国主命の顔が、パァっと明るくなる。一方、須佐之男命のほうは、やや難色を示していた。

「ご飯と寸胴《ずんどう》を置いて、盛り放題・食べ放題です。トッピングも用意しましょう。みんなで一緒に作って食べている気分になるので、楽しいですよ」

これは従業員にとっても、悪い提案ではない。セルフサービスにすれば、配膳の人員が少なくて済む。

カレーは明日のお昼ご飯用に、寸胴にたっぷり作ってあったので、準備も容易だった。

「なるほどなぁ……むむむ」

「他のお客様にも確認が必要ですが、せっかくみなさまで集まるのですから、楽しくしませんか？　湯築屋のカレーは、トロトロに煮込んだ伊予《いよ》牛を使用しています。美味しいですよ」

須佐之男命が腕組みした。ちょっと納得がいっていなそうだが、もう一押しで了承しそうだと感じる。

「いでっ！」

だが、不意に、須佐之男命の身長が縮む。いや、カクンと膝折れして、転びそうになっていた。

うしろから「膝カックン」されたのだ。

「須佐之男《すさのお》。あなた……また、宇受売《うずめ》に岩戸《いわと》神楽《かぐら》の舞をさせようとしましたね……!?」

須佐之男命の背後に立っていたのは、頬を上気させて怒り心頭の天照だった。

日本神話の太陽神で、湯築屋に引きこもり、もとい、長期連泊中の常連客だ。もうほとんど、湯築屋の住人のようなものである。

天照をふり返り、須佐之男命は快活に笑った。

「はは！　姉上様は、天宇受売命《あめのうずめのみこと》がお好きだからな！　喜んでくれやがりました？」

「あなた、そういうところです！　そういうところ、直しなさいといつも言っているでしょう！　どうして、そこまで空気が読めないのですか！　昔から！」

悪気など微塵《みじん》もない様子の須佐之男命の足を、天照は更に蹴りはじめる。天照が暴れるのは珍しくもないが……相手が弟神だからか、容赦がなさそうだ。

他にも親類となる神々は多いが、須佐之男命への扱いは明らかに異なる気がする。はっきり言えば、雑すぎる。

「だいたい、なんですか。その黒電話！」

「え？　姉上様が、イマドキは神だって電話くらい持ちやがれって……」

「普通はスマートフォンでしょう⁉　百歩ゆずってガラケーです！　それは、昭和の電話ですわよ。その格好も！　昭和のヤンキー漫画ですか！」

「昭和って言いやがっても、たかだか、三、四十年前じゃないですか？」

「全然違います。まったく時代についていて行けていません！　本当に、どうしてあなたはいつもいつも……」

須佐之男命は面倒くさそうに頭を掻いていた。

九十九は苦笑いするしかない。

昭和錯誤の須佐之男命に対して、天照はなかなかのガジェットマニアだった。

所持するスマホや、部屋のパソコンは常に最新機種に買い換えられている。五面もディスプレイを搭載しており、いくらするのかわからないゲーミングチェアまで設置されていた。３ＤカメラやＶＲゲームを見せてもらったこともある。

この間は、「もうアフィリエイト収入も天井が見えてきましたね……わたくし、ライバーになろうと思います！」と言いながら、ライブ配信の研究をしていた。

常に最新鋭を追いかける神様だ。

「仕方がありません。あとで、わたくしのスマホを一台差しあげます」

「ラッキー。やったぜ！　姉上様、ありがとう！」

え……ええ……？　スマホ、そんなに簡単にあげちゃうんですね……？

九十九は姉弟のやりとりに、顔が引きつってしまう。

「まったく。天照は……ブラコンすぎるのだ」

いつの間にか、隣で息をついていたのはシロだ。さっきまで、消えていたくせに。

しかし、天照と須佐之男命のやりとりに関しては、九十九もシロと同意見だった。

「なんというか、甘い……ですよね」

「昔からな。好き勝手させすぎだ」

古事記において、高天原《たかまがはら》での須佐之男命は奔放な神として描かれる。

三貴子《みはしらのうずのみこ》として伊邪那岐《いざなぎ》から生まれ、高天原を天照、夜之食国《よるのおすくに》を月読命《つくよみのみこと》、海原を須佐之男命が治めるよう命じられた。

だが、須佐之男命は役目を放棄したばかりか、高天原で好き勝手に振る舞い、天照や周りの神々を困らせ続け……天岩戸《あまのいわと》隠れの原因となってしまう。

その後、須佐之男命は高天原を追放され、地上におりたとされていた。

「なんだか……お二人の様子を見ていると、須佐之男命様に悪気はなさそうなんですよね……」

「悪気がないほうが、いくらか厄介だ。言っても理解しないからな。だのに、天照が甘やかす……」

「シロ様、辛辣《しんらつ》ですね」

「奴らの喧嘩にふり回されたのは、天津神なら、みな同じだろうよ」

シロの微妙な言い回しを、九十九は聞き逃さなかった。

以前から、少しずつ感じている違和感だ。

全国の稲荷神社で祀られる宇迦之御魂神《うかのみたまのかみ》は、国津神である。それは須佐之男命が地上におりたあとに生まれた神であるからだ。一般的に、高天原の神を天津神《あまつかみ》、地上におりた須佐之男命から連なる神を国津神と呼んでいる。

シロは稲荷神だけれども、その言動は、宇迦之御魂神よりも古い神だとにおわせている気がした。

以前、宇迦之御魂神は「シロの母のようなもの」と言っていたが――。

「まあ、よい。あのブラコンと問題児は放っておいて、儂はカレーに松山あげを入れる仕事をするぞ」

「……それより、お座敷の準備をしますよ？」

九十九は考えていたことを、自分の中へ留める。

カレーライスの注文が通って、大国主命は上機嫌だ。須佐之男命は不満そうだったが、天照が現れたことで、うやむやになったらしい。

幸一は、九十九の思いつきを実行するために、カレーの準備に取りかかっていた。

3

「ごめんね、将崇君。また手伝ってもらっちゃった……」

宴会用の広間には、お客様の神様たちが集まってカレーライスを食べている。ご飯とルー、福神漬けをセルフサービスで提供すると、どの神様も喜んでくれた。トッピングのカツや卵も人気だ。

「べ、別に！　俺が来たいと思ったから、来ただけだからな」

将崇は、小夜子に呼び出されてから、すぐに湯築屋へ駆けつけてくれた。道後区内に住んでいるため、家は近所である。

月見のときも、手伝いを頼んでしまったので、申し訳ない。

実は将崇のことは幸一も評価していた。料理が得意で、厨房での仕事の呑み込みがいいらしい。幸一が個人的に厨房のアルバイトに誘ったが、将崇は「誰が、あんな稲荷神の宿で働くか！」と、断ったようだ。

将崇とシロは表面的には喧嘩しないが、やはり、仲はそんなによくない。ちょっと残念である。

「師匠が来てくれて、ウチも嬉しいですっ」

足元を歩いていた子狐のコマも、チョンと二本の足で立ったまま、頭をさげる。

将崇はコマの変化《へんげ》の師匠でもあった。彼と一緒にいると、コマも前向きになってくれるので、九十九も嬉しい。

「で、弟子の様子を見るのも、師匠の役割だからな」

「ありがとうございます。師匠っ」

「お、おう……！」

コマにお礼を言われて、将崇は顔を真っ赤にしていた。

口は素直ではないが、将崇はすぐに顔に出るタイプだ。きっと、嬉しいのだと思う。なんとなく、九十九も彼との距離感がわかってきた。

「失礼いたします、若女将」

つい雑談していたが、まだ接客中だ。

宴会広間から出てきた大国主命に話しかけられて、九十九はハッと姿勢を正す。

広間のほうでは、宴会でテンションがあがった愛比売命《えひめのみこと》が須佐之男命にカレーの早食い対決を挑んでいた。もちろん、JKツバキさんモードである。二柱による早食い対決に、神々は大いに盛りあがり、会場がわいていた。

そんな楽しい席から抜けてくるなんて……なにかあったのだろうか。九十九は神妙な面持ちの大国主命を見あげた。

「先日、田道間守氏より妙な話を聞きまして」

「ああ……それなら、わたしも昼間に聞きました。橘のことですか？」

「左様です。一応、隣人ですからね」

大国主命は、少彦名命とともに道後の湯神社にも祀られている。田道間守が祀られる中嶋神社とは敷地が隣であった。

「それで、当方でも、湯神社の境内に気を配ってみたのです……そうしたら、相方が気になる動きがあると」

「相方……？」

「嗚呼、ここに」

大国主命は真面目な表情のまま、自分の右肩を指さした。九十九はジッと目を凝らしてみる。

パリッと糊の利いたスーツの肩。

ぴょこぴょこと跳ねる虫のような粒が見えた。いや、虫と形容しては失礼である。こちらも立派な神様なのだから。

「少彦名命様、今日はこんなところにいらしたんですね」

大国主命の肩で、ぴょんぴょんと小さなものが跳ねる。

「はい。今、『お前、今まで気づいてなかったのかよ！』と、憤慨しておりますが、それはどうでもいいですね」

「あはは……すみません」

「いいのです。相方も慣れているでしょう。あとで言い聞かせておきます」

大国主命は少彦名命とともに、国作りを行った。日本の地に住む人々に技術を教えたり、土地を豊かにしたりする仕事を成したのだ。

道後温泉にも彼らの逸話は残っている。その際も、二柱はともに語られていた。大国主命の言う通り、「相方」である。

少彦名命は一寸法師のモデルになったと言われていた。

とても身体が小さな神様で、普段は大国主命にしか居場所がわからないし、声も聞こえない。九十九も、ついうっかりしていた。

「今しがた、湯神社の境内を何者かが横切ったようです。田道間守氏の橘を盗りに行ったのではないでしょうか？」

「え……？」

大国主命の言葉に、九十九は表情を曇らせた。

「相方は、我々よりも些細な変化に気づきやすい体質です。横切った気配は、小さな生き物だと言っております」

「小さな……？」

「妖かもしれません」

大国主命は言いながら、化け狸である将崇にも視線を向けた。

「さて。当方がこれから出向いて仕置きしてもいいのですが――これは一度、若女将に預けるべき案件かと思い、持ちこませていただきました」

「わたしに？」

どうして、九十九なのだろう。

大国主命の意図が読み切れずに、九十九は首を傾げた。

「我々は、我々の理《ことわり》でしか、裁けませんので。これは、相方の提案です。当方は、このまま滅してしまうのが一番よいと思っているのですがね。早くカレーも食べたいですし」

「少彦名命様が……わかりました。わたしが行ってみます」

神様たちは絶大な力を持っている。しかし、その力は必ずしも人に恵みを与えるばかりではない。ときには、災害や試練、天罰となって立ち塞《ふさ》がる。

だが、彼らの行うことには、必ず意味があると九十九は思うのだ。

特に、今回は少彦名命と大国主命が直接、九十九が行くべきだと言った。そこには絶対に意味がある。

「仕方ないな。俺がエスコートしてやるよ！」

「みゃあ」

九十九が玄関へ向かうと、将崇も声をあげてくれた。

ちょろちょろと、白い毛並みの猫も足元を歩いている。どうせ、勝手についてくると思っていたが、シロの使い魔だ。

「ありがとう。将崇君、シロ様」

「我が妻に面倒ごとを……まあよい。恩を売っておこう」

「シロ様は、大国主命様たちが、わたしに持ちこんだ理由がわかっているんですか？」

「大方」

やはり、神様の思考は、神様にはわかるようだ。だが、この場でシロは答えてくれる気がなさそうである。

とにかく、九十九が行こう。

カレー宴会はまだ続いているが、料理はきちんと提供済みだ。

「碧《みどり》さん、すみません」

九十九は、寸胴を取り替えようと運んでいる碧に、声をかける。頼れる仲居頭はカレーで満たされた寸胴を軽々持ったまま笑ってくれた。

「いってらっしゃいませ、若女将」

「ありがとうございます」

あとは、碧たちがなんとかしてくれるだろう。できるだけ早く戻ろうと決意しながら、九十九は玄関へ向かう。

九十九は下駄ではなくスニーカーを履き、湯築屋の外に出る。

門を出ると、結界の外では秋の虫の声が耳についた。

鈴のような音色を乗せた、秋の風。

肌寒くて、一瞬、上着を着てくればよかったと後悔する。寒さを察したのか、シロの使い魔が九十九の肩に乗った。もふもふの毛並みが温かくて、ちょっと気持ちが和む。

「行くぞ」

将崇にうながされ、九十九は先を急いだ。早くしないと、犯人がどこかへ逃げてしまうかもしれない。

中嶋神社は湯神社の隣だ。

冠山《かんむりやま》という小高い丘の上にある。道後温泉本館を見下ろせるロケーションで、駐車場にもなっていた。

九十九たちは、本館とは反対側の石段からのぼって、神社を目指す。

「着いたけど……」

石段をあがると、すぐに中嶋神社の境内が見えた。

中嶋神社は小さな神社だ。周囲を囲む石柱には、製菓会社の名前が書かれている。他の神社では、なかなかない名前の並びであった。お菓子の神様である田道間守を祭神としているからである。

九十九は辺りを見回すが、夜の闇でよくわからない。

「此処《ここ》だ」

シロの使い魔が九十九の肩からおりて歩きはじめる。

田道間守の結界がある場所だ。その裂け目に、使い魔の前足が触れた。すると、九十九にもわかるように、空間が大きく歪む。

暗い夜の様相とは違い、結界の中は明るい光に満ちあふれていた。煌《きら》めく太陽が常に出ているようだと錯覚しそうだ。いくつも木が茂っており、畑みたいである。

シロの結界とは性質が異なる。

ここは田道間守の庭、いや、温室なのだ。

「あ……」

田道間守の橘には強い神気が宿っている。

九十九には、自ずと、どの木がそうなのかわかった。

そして、その木の下を移動する影を見て、驚いてしまう。

あれは……。

「……おタマ様……?」

九十九の呼びかけにふり返ったのは、おタマ様だった。黒い猫又は黄色い両目をまん丸に見開いている。

口には、橙《だいだい》に実った橘が咥《くわ》えられていた。

九十九は、少彦名命が境内を通り過ぎたのは、小さな生き物だと言っていたのを思い出す。

おタマ様は道後に古くから住む猫又である。田道間守の結界へも、出入りが許可されていたのだろう。シロと違って、田道間守の結界は出入りした者を特定できない。だから、わからなかったのだ。

まさか、おタマ様が橘を持っていくとは、誰も考えない。

昼間、おタマ様から道後温泉の神気が漂っていた。あれは、気のせいではなかったようだ。

田道間守の橘は道後の神気を取り込んでいる。橘に触れたことで、名残があったのだろう。

「おタマ様、だったんですか？」

おそるおそる問うと、おタマ様は観念したように橘を足元に置く。

「やあ、稲荷の妻。それから、稲荷神。狸もいるね」

おタマ様の口調は、いつもと変わらなかった。朝、「おはよう」と言っているときと、同じ調子である。

悪びれたり、言い訳したりする様子もない。

「──これは、どういうことですか?」

九十九のうしろからも、声が聞こえた。

田道間守であった。

九十九は田道間守とお夕マ様を交互に見て、言葉につまる。田道間守の声は穏やかだったが、表情は困惑していた。

「とりあえず、話を聞いてもよいか?」

シロの使い魔が前に出た。

「ええ、稲荷神の言う通りですね」

田道間守が息をつき、結界内に入った。彼はお夕マ様の姿を確認するが、特に嫌な顔はしない。話を聞いて判断するのだろう。

「そうであるな」

お夕マ様の声音は変わらなかった。

普段通りのまま、こちらへ歩み寄ってくる。

シロの使い魔を間にはさむように、両者が視線をあわせた。

「まずは、謝罪しておこうか」

お夕マ様はそう言って、小さな頭を垂れた。神様の霊薬を勝手に持ち出そうとした謝罪としては、いささか軽すぎる。

「おタマ様、どうしてですか？」

田道間守の橘がどういったものなのか、おタマ様も知っているはずだ。それなのに、なぜ、盗んだりしたのだろう。

「ふむ。なにから話せばいいものか……断っておくが、吾輩が食べるためではないよ」

「見ればわかります」

田道間守には、おタマ様が橘を食べたかどうかがわかるようだ。九十九も、それは違うと思っていた。今のおタマ様に、橘の強い神気など感じられない。名残がかすかにある程度だ。

誰かのため。

必然的に、そうなった。

「吾輩が世話になる定食屋の息子が、手術をひかえているのだよ」

「え！　人間に与えたんですか⁉」

田道間守の顔色が変わった。

あれは不老不死の霊薬だ。人間に与えるのは禁忌である。それは、自然の摂理に反するのだ。

食せば、もう人間ではなくなる。

そういう代物だ。

神や妖、または、別の存在となるかもしれない――。

「話を聞きたまえ。まったく、神のくせに、せっかちであるな……その息子が好きな柿があるのだ」

「柿……？」

おタマ様は順を追って話した。

定食屋の息子――晃太《こうた》は大きな手術をひかえている。人間の病気に理解のないおタマ様には、心臓が悪いという話しかわからない。

晃太はずっと入院しており、あまり実家である定食屋に帰れないらしい。彼がいつも楽しみにしているのは、家の庭に生《な》っている柿を食べることである。

だが、その柿には――。

「柿の木は枯れる寸前なのだよ。放っておくと、今にでも折れてしまうだろうね。そして、運がいいのか、悪いのか……柿には、君たちが堕神と呼ぶ存在が憑《つ》いている」

「堕神が……？」

神様の寿命は無限のように長い。

人々の信仰がある限り、死は訪れないのだ。

消えるのは、人々が信仰をやめ、神の名を忘れた瞬間――名を忘れられた神は、堕神と呼ばれる。

　堕神となれば、彼らはただ消えてゆくだけの存在だ。

抗《あらが》う堕神もいる。五色浜《ごしきはま》に棲む鬼の蝶姫を脅かした堕神を、九十九は覚えていた。

「まさか……堕神に……？」

田道間守が露骨に声音を変えた。さきほどまでは、にこやかとは言えないが、比較的、落ち着いていた。しかし、今ははっきりと嫌悪の色が見てとれる。

「いかにも」

おタマ様はサラリと返答した。

するど、田道間守の顔がみるみる崩れていく。怒っている――いや、皮膚を真っ赤に染めて、目に涙を溜めていった。

田道間守のスイッチは怒りではなく、涙のほうに入っているようだ。いや、彼は怒るときも、号泣するのかもしれない……。

「どうして、堕神などぉぉッ！　私の橘は……私の橘は……ッ！　そんな……そんなぁぁあああ！　そんな、あまりに惨《むご》い……」

田道間守が大声で泣きはじめて、シロの使い魔が息をついた。予想通り、という反応だ。ずっと黙っていた将崇も、「あーあ」と腕組みしている。

九十九だけが、あたふたとしていた。

「お、落ち着いてください。田道間守様……」

「まあ、そういう反応になるだろうと思っていたさ」

おタマ様は他人事のように言った。

「おタマ様、そんな言い方しなくても……」

「事実である。神に、感情を汲めというのが間違っているのだよ」

九十九には、おタマ様の言い草が、突き放しているように思われた。あきらめている。

そんな声音だ。

おタマ様の言い方に九十九はハラハラした。

同時に、なぜか……悲しくなってしまう。

彼にとって、そこまで神様は信用ならないのだろうか。

「吾輩は定食屋の息子に、柿を食べさせたいだけである。手術まで、木が生きていれば、
それでいいのだよ」

定食屋の晃太は、手術をひかえている。

それまで、大好きな柿を食べさせてあげたい。そう主張するおタマ様の心情は汲める。

「でも、おタマ様……柿は買ってきてもいいじゃないですか？」

今の時代、スーパーや果実店で柿を買える。

しかし、それでは駄目なのだと、おタマ様は首を横にふった。

「あれは、彼が母親と一緒に植えた木なのだよ。身体が弱かった自分と一緒に、健やかに育つように。ねがいをこめてね……だが、その木も病に罹《かか》って枯れかけている」

その言葉に、九十九は口を閉ざす。

健康をねがって植えたはずの木が枯れてしまう……そんな現実を目の当たりにしたあとで、おタマ様は晃太に手術を受けさせたくないのだ。

なんとなく、昼間に定食屋の前で見たパジャマ姿の男の子を思い出した。彼が晃太なのだろうか。

柿の木も、堕神も、もう長い命ではない。互いに、どちらかが消えれば、存在できなくなるのだ。バランスは崩せない。

「禁忌だとはわかっていたよ。勝手に盗ったのも謝罪しよう。柿を長らえさせようとする吾輩の行為は神々から見れば、愚行だろうね。承認が得られるものとは、思っていなかった」

田道間守だけではない。

天照やシロも、堕神に対しては、理解を示さない様子であった。

元は同じ神様だったはずなのに。

近年の堕神の増加を危惧するお客様の声を、九十九はときどき耳にした。人々から信仰の心が薄れている。自分たちの存在を脅かしている、と。

しかし、堕神となった神が延命しようと、もがくことを、彼らは醜いと考えている。

すでに、神ではない存在だ。

潔く消えるべきなのかもしれない。

そう考えている神様たちの心を、九十九も理解はできた。

説明されれば、わかる。

けれども、それは……共感できないと思ってしまう。

「あの、田道間守様……」

今までは、ただ話を聞いているだけだったけれど、九十九は細い声をしぼり出す。

「その……晃太君の手術が終わるまで……橘を提供することはできないでしょうか？」

九十九の提案に、田道間守は「ええ⁉」と情けない声をあげている。流れていた涙が止まり、「どうして、そんなことを言うんです？」と、眉を寄せていた。

「おい、さすがに、それは俺もどうかと思うぞ……」

将崇が、「今のうちに撤回しろ」と言いたげに九十九の肩をつかんでいる。彼は神様の側ではないが、お夕マ様がやったことは「悪い」とわかっているのだ。

これまで態度を変えなかったお夕マ様でさえ、驚いた様子で九十九を見あげた。

もちろん、九十九だって、いいとは思っていない。お夕マ様がしたのは、悪いことだ。

ただ、現状をこのままにもできない。

「九十九」

シロの使い魔が、一言。

「それは理に反することだ。神とて、無償で加護など与えぬ」

おタマ様は田道間守の橘を盗んだのだ。その対価を支払うべきだと、シロは言っている。

そして、九十九に払えるものは、ない。

どうしよう。

「わかった」

震える九十九をよそに、シロの使い魔が田道間守に向きなおる。

巫女の非礼を詫びようとしているのだろうか。

「儂の羽根でよいか？」

「⁉」

羽根……？

使い魔が猫の姿をしているせいで、なにを言っているのか、九十九には意味がわからなかった。

だが、田道間守には、すぐに理解できたようだ。ただただ驚愕という表情で、シロの使い魔を見ている。

「それは……いただきすぎです！　私の橘に、そこまでの価値は――」

「他に出せるものがない。今は用意できぬから、待たせる手数料分だと思えばよかろう?」

「恐縮すぎて泣きたいです! あなた様、正気です!?」

会話の内容を聞いているうちに、なんとなく、「シロが田道間守に対価を払おうとしている」のがわかった。

その段になって、九十九も慌てて声をあげる。

「シ、シロ様!? そ、それは……たしかに、わたし未熟ですけど……! シロ様にお手間をかけさせるなんて」

「なにを言っておる。九十九も手伝うのだ」

「へ!? あ、は、はいっ!」

なにをどう、手伝えばいいのだろう。

九十九は混乱しながら、シロに返事をした。

「稲荷神、稲荷の妻……恩に着るよ」

おタマ様は九十九とシロの前にチョンと座ったかと思うと、深く頭をさげる。

田道間守は宣言通り、恐縮で泣きはじめてしまう。その後、九十九は必死になだめるのだった。

4

——儂の羽根でよいか？


シロの一言で、場はおさまった。

田道間守は、晃太の手術が終わるまでという約束で、おタマ様に橘をわけることになった。田道間守自身は納得いっていないようだったが……シロの申し出が効いているらしい。文句のようなものはなかった。

湯築屋に帰った九十九は、ひとまず、宴会場となった広間の片づけをする。

カレー会だったので、通常の宴会と比較すると、すぐに終わった。

お客様たちの満足度も高く、みんな、笑顔でお部屋に帰ったり、浴場へ行ったりしている。

その間、九十九はもやもやする気持ちを抱えていた。

シロ様の羽根って、なに？

毛じゃなくて、羽根なの？

思い当たるのは——五色浜での出来事だった。

五色浜で堕神から九十九と京を救ったのは、白い羽の生えた誰かだった。

――あのときの話は、やめよ。アレは儂ではない。


あれはシロだったのだろうか。

シロ自身は、違うと言っていた。今思うと、神気の質も異なっていた気がする。

「九十九」

まるで、返事をされたかのようなタイミングだ。

急にシロが九十九の前に現れていた。あまりに唐突で、九十九は手にしていた盆を落としそうになる。

湯築屋に帰ってから、シロの使い魔は消えていた。それから、シロとは顔をあわせていなかったことに、この段で初めて気がつく。

「シロ様……さっきは……」

なんと言えばいいのだろう。

言葉が、なぜか纏まらなかった。

「一つ、確認したいのだが」

「え、はい……」

シロは神妙な面持ちで、九十九をのぞきこんだ。

琥珀色の瞳が神秘的で、息を呑む。人や動物のような感じがしない。まるで、作りもののガラス細工のような……それなのに、確実に生きている。

いつ見ても、シロは不思議だ。

人間とは違う存在なのだと、いつも痛感させられる。他の神様だって同じなのに……なにか違っている気がした。

「九十九は、儂がなにをしても、許すか？」

「え」

どういう、問いなのだろう。

しかし、九十九の疑問を解消せず、シロはむずかしい表情を作って、首を傾げてしまう。

「いや、儂ではないのだがな？」

「あの……本当に意味がわからないんですが……？」

「む……そうだな。つまり」

歯切れの悪いシロを見るのは久しぶりだ。

というより、シロも「なにを伝えたいのか」整理できていないような気がした。

「つまり、儂は」

「つまり？」

なにを言われてもいいように、九十九は表情を真剣に作りなおし、グッと身構える。

「つまり……儂は九十九に嫌われたくない」

え？

九十九はパチパチと、目を見開いた。

「えっと……はい？」

「儂は真剣に言っておる」

「それは、わかりましたけど」

あまりに予測していない言葉で、九十九はどうすればいいのか、わからなかった。というより、戸惑っている。どう受け止めればいいのだ。

シロが言っている意味は、少しもわからないけれど。

これだけは、告げてもいいと思う。

「わたし、シロ様を嫌いになんて……なりませんよ？」

自分の顔が赤くなっていると感じた。

両手で覆って隠したかったが、シロが表情を崩さないので、九十九は直立したままになってしまう。

なんか、恥ずかしい。

将崇みたいに、「いや、そうじゃない！」と、撤回してしまいたかった。今、ようやく、素直ではない化け狸の気持ちが理解できてしまう。

「そうか」

シロが笑った。

シロはよく笑う。しかし、このときは、なぜか……いつもより嬉しそうな気がした。その顔を見ている九十九まで、嬉しくなってしまう。

「誰にも見られたくはない――否、九十九にだけ見せたい。あとで、来い」

「は、はい……」

九十九は放心状態になってしまった。

けれども、シロが踵《きびす》を返した段階で、こちらも聞いておきたいことを思い出す。

「あの、シロ様……どうして、味方してくれたんですか？」

シロは神様だ。

九十九のような人間とは、別の考え方をしている。もちろん、おタマ様とも異なるだろう。わかりあえない存在だ。平行線で、交わらない。

「何故《なにゆえ》、か」

シロにとっては、予期していなかった問いのようだ。九十九ほど、彼はこの件について気にしていなかったらしい。一瞬、呆けたような顔つきをしながら、顎をなでる。

焦点がいつも違う。九十九とシロは、お互いに噛みあわず、バラバラの歩調で歩いている。

シロが神様だから。

「九十九を、理解してみたかったのだ」

「え？」

シロが九十九に力を貸すときは、たいてい「九十九がそう望んだから」だ。九十九の希望をかなえるという形で、助けてくれる。

けれども、今回は具合が違った。

「……儂のことを話すと約束したからな」

ああ、そうだった。

そして、九十九は納得した。

これは交換のようなものだと、シロは考えているのだ。

シロは自身について九十九に教えると言ってくれた。期日は、もう少し先だが、必ず話すと約束したのだ。

だから、九十九についても理解したい。

シロは、そう言っているのだと思う。

「神様って、融通が利かないというか、頑固なところありますよね」

「なんの話だ？」

「ほら、そういうところですよ」

眉間にしわを寄せてしまったシロに、九十九はふわりとした笑みを向けた。

「ぐぬ……儂は、なにかおかしなことを言ったのか？」

「違いますよ、嬉しかったんです」

心の奥が、ほんのりと温かい。

シロの言葉一つだけで、こんなに温かくなれる。

自分は本当に単純な人間だ。でも、それがいいのだとも、思えた。

「あとでうかがいますね。なので、お片づけを済ませましょう」

「うむ。では、儂は――」

「シロ様も、です！」

九十九は、そそくさと退散しようとするシロの尻尾をつかんだ。

通常の宴会よりも楽とはいえ、お皿もたくさんあるのだ。猫の手、いや、神様の手は借りたい。

嫌がるシロの尻尾を引いて、九十九は仕事へと戻った。

今日は疲れた。

九十九は崩れるように、椅子に座る。本当は、そのまま布団へ横になりたかったが、我慢だ。

今宵はシロに呼ばれている。

渋々と片づけを手伝っていたが、終わると、いつの間にか退散していた。九十九に、あとで来いと言っていたけれど、場所を聞いていない。

しかし、九十九はすぐに見つかるような気がしていた。

シロは隠れない。

たぶん、以前まではなかった確信だ。

こんな風に思えるのが、嬉しかったりもする。ちょっぴり心が温かくて、ろうそくのような明かりが灯っている気がした。

「シロ様？」

試しに、宙に向けて名前を呼んでみた。

返事はなく、なにも現れない。

代わりに、ふっと、風のようなものが吹いた。姿くらい現してくれてもいいのに。九十九は、誘《いざな》われるように、直感に従って歩く。

たぶん、それでいいのだろう。

「シロ様、ここですか？」

そよ風ほどもない微風を頼りに辿り着いたのは、露天風呂のある客室だった。今は誰も泊まっていない。石鎚《いしづち》の間だ。

「九十九」

やはり、そうだった。

中で座るシロを確認して、九十九は唇を緩めた。

するりと入室する。電気はついておらず、室内は暗い。

障子が開いており、シロは庭をながめていた。月も星もないのに、庭のほうがほんのりと明るいのは不思議な光景だった。

その中で、シロの白い髪が薄い光を纏っているように見える。まるで、光のベールみたいだ。

あいかわらず、綺麗だなぁ……九十九は、いつまで経っても慣れない。綺麗な神様など、他にもたくさんいるのに。シロのことは、見るたびに息を呑んでしまう。

「えっと……シロ様。わたし、どうすればいいですか？」

九十九はシロの向かい側に座りながら、おずおずと問う。

シロは「羽根」と言っていた。

しかし、どう見ても、シロには羽根などない。どちらかと言うと、毛だ。九十九は、どのように手伝えばいいのだろう。

シロは一呼吸置いてから、九十九に背を向けて座りなおした。

「え……」

九十九に背を向けたシロは、そのまま藤色の着流しの袖から自分の腕を片方抜いた。そして、背中を晒《さら》す。

「シロ様⁉」

肩から腕の滑らかな肌が露わになる。適度についた筋肉がたくましいけれど、しなやかな白色は女性的だとも思う。美術の教科書で見る大理石の彫刻みたいだ。

シロは背中にかかる長い髪を肩から前に垂らした。

なにもしていないのに、すごく目のやりどころに困る。九十九は自分の顔が真っ赤になるのを感じ、両手で覆ってしまった。

これ、どういう意味⁉

なにするの⁉

「一枚、取るとよい。あとで田道間守に届けてやれ」

「は……はあ……」

どこから、なにを？

そう問おうと口を開いたが、やめた。

「え」

シロの背から、翼が生えていた。

純白で混じりけのない……まるで、西洋の天使のようだと感じる。

白鳥？　いや、白鷺《しらさぎ》だ。

白鷺の翼が、シロの背に片方だけ生えていた。

白鷺は神の使いと言われている。道後温泉にも、白鷺にまつわる伝説が残されており、本館のシンボルにもなっていた。

「……綺麗……」

つい、ポツンとつぶやいてしまう。九十九は視線が吸い寄せられるように、その光景に魅入られていた。

シロが綺麗なのはいつもだ。

けれども、いつもと違う。

触ることもはばかられる。九十九は息を止めて、静止してしまう。

「疾《と》くせよ」

「あ、すみません……つい」

シロに急かされて、九十九はようやく動いた。畳の上をじりじりと移動して、おそるおそる、白い翼に触れる。

これ……シロ様の神気じゃない……。

指が触れた瞬間に、違和感を覚える。

たしかに、シロのはずなのに、なぜか全然違う。神気の質は同じだ。だが、圧倒的に違うと感じるのだ。

神気が強すぎる。

九十九の知っているシロではない。

「あ」

羽根が二枚、畳に落ちる。

指先がわずかに触れただけなのに、花弁が散るように羽根が抜けてしまった。

白色にも銀にも見える不思議な輝きだ。繊細で、すぐに壊れてしまいそうだった。

九十九は落ちた羽根を拾おうと、手を伸ばす。

「…………」

伸ばした九十九の手に、手が重なった。

いや、つかまれた。

ぎょっとして視線をあげると、シロが九十九の手首を捕まえていた。

目があって、九十九は身を強《こわ》ばらせる。

「……誰……！」

そこにあったのは、いつもの琥珀色の瞳ではない。

美しい水晶のような輝きを持った紫色が、こちらをのぞきこんでいた。絹束のような白い髪は、いつの間にか墨の黒色に染まっている。

紅を引いたみたいに赤い唇が、薄く弧を描いた。

顔立ちはシロなのに……シロは、こんな顔をしない。

この人は、誰だろう。

息苦しい。気がつけば、喘《あえ》ぐように肩で息をしていた。まるで、水の中のように、呼吸がままならない。

めまいを覚えて、意識が朦朧《もうろう》としてきた。

背中に汗が流れるのを感じながら思い出したのは、五色浜で九十九を助けた人物だった。

あのときの……？

「九十九」

名を呼ばれて、意識が急に鮮明になる。

めまいがおさまり、視界がはっきりとした。水中のような息苦しさもなく、深呼吸できる。

全身の汗だけが、体温をさげようとしていた。

「あれ……シロ様だ……」

九十九の顔を心配そうに見ていたのは、神秘的な琥珀色の瞳だった。絹束のような白い髪が揺れ、顔が近づいてくる。

息が交わるほど間近に顔があり、九十九はとっさにうしろへ逃げた。

「シ、シロ、様！　ち、ちち近っ！」

なにがあったのか、いまいちわからない。

「やっと帰ってきたか……何度呼んでも息苦しそうだったからな。人工呼吸というものをしなくてはならないと思ったぞ」

「え？」

何度も呼ばれてなどいない。

九十九が羽根に触ってからシロに名を呼ばれたのは、一度だけだった。

夢でも見ていたのだろうか。

なんだか、狐につままれたような心地である。

「あの……」

あれは、誰なんですか？

そう問いたかったのに、九十九は言葉が出なかった。どう問えばいいのかわからなかったし、シロは聞かれたくないのではないかと思ったのだ。

九十九とシロには、約束がある。

今は聞けない。

だが、逆に考えると……それでも、九十九に見せてくれた。

少しだけでも、見せてくれたのだと思うと、ちょっぴり嬉しい。

「やはり……すまぬ」

九十九の顔にシロの指が触れる。なでるように優しい手つきで、心の中にわだかまる霧を吸ってくれているような気がした。

「いえ……こちらこそ、すみません」

九十九は手元に残った二枚の羽根を見おろした。

あれは間違いなくシロではない。別の誰かだ。けれども……シロでもあった。

シロは二人いる？

伊波礼琵古《いわれびこ》のことを思い出す。同じ成り立ちの神様なのに、分離したように存在していた。彼とは原理がまったく異なるのかもしれないが……。

「一枚は、九十九にやろう。好きに使うといい」

そう言いながら、シロは羽根を九十九に持たせた。

羽根のように軽い、という比喩があるが……この羽根には、重量など存在していないかのようであった。持っているという感覚がなく、雲みたいだ。重みが感じられず、不思議な気分だった。

強い神気が宿っているが、どうやって使えばいいのだろう。いつも肌守りに入れている、シロの髪の毛とは、別の用途だと直感した。

「ありがとうございます」

九十九は返答しながら、シロをもう一度確認した。頭の上で狐の耳がピクリと動き、尻尾がふわりと揺れている。

いつも通りであった。

「わたし、シロ様に聞きたいことがあるんですけど……今は、やめておこうと思うんです」

九十九は待つと決めたし、シロはそんな九十九に期限を提示してくれた。だから、今、いろいろと問うのはフェアではない。それは約束に反する。

「でも、一個だけ言っておきたいんです」

シロは黙って、続きをうながした。

「わたし、シロ様のこと、なかなか嫌いにならないと思いますから……大丈夫です」

シロが、好きだ。

本当は、そう伝えたいのだと、心が叫んでいた。

胸の奥がきりきりと痛んで、骨まで軋《きし》む気がする。身体中の血液の流れが止まってしまいそうだ。

「だ、だって、シロ様は旅館の手伝い、全然してくれませんし……いつも、松山あげ食べて、お酒ばっかり飲んで。酔って絡まれたときなんて、最低です。ときどき、寝てる間に不法侵入して神気のにおい嗅いでいくのなんて、気持ち悪いです……」

「さすがに、儂も傷つくぞ？　そのような言われ方、まるで、儂がろくでなしのようではないか！」

「今更、気づいたんですか？」

「……嫌われた……九十九に、嫌われておった……」

シロはシュンと表情を崩して、膝を抱えた。畳に「の」の字を書いて、いじけているようだった。

九十九は、「はあ」と息をつく。

「だから、今更、嫌いになんてなりませんよ。ちょっとくらいマイナス要素が増えたところで、シロ様がどうしようもない、ろくでなしなのは変わりませんから」

逆に、どうして九十九は、シロを好きになってしまったのか考える。

思い出す姿は、いつもだらしがない。過剰なスキンシップも、結構迷惑だ。学校まで使い魔でストーカーするのも、やめてほしい。

それなのに……気がつけば、シロのことを考えている。

どうしようもない駄目夫。

だけど、九十九のほうも、どうしようもないくらいシロが好きなのだ。

シロは気づいていない。

九十九がこんなに、シロを好きなのに。

伝わっていないのだと思う。伝えたいとも思う。

……伝えても、いいのかな?

九十九はシロの妻。

けれども、それは、湯築の巫女はみんなそうだった。シロは、ずっとずっと、巫女に平等だ。

九十九だけを好きになどならない。

伝えるのは、迷惑だ。

「と、とにかく……ありがとうございました。羽根、ちゃんと田道間守様にお届けしますね」

九十九は二枚の羽根をしっかり持って、頭をさげた。

5

翌日、九十九は中嶋神社を訪れた。

シロから預かった羽根を差し出すと、田道間守は早々に顔を真っ赤にして、涙をボロボロと流しはじめてしまう。いつもよりスイッチが緩い。

九十九も田道間守とのつきあいはそれなりに長いので慣れているが、対応には困る。

「本当にッ！　本当にッ！　よろしいのでしょうかぁぁああ⁉」

「え、ええ……まあ……シロ様が、いいって言っていたので」

九十九が苦笑いすると、田道間守は頭を深々とさげ、両手で羽根を受けとった。まるで、賞状授与のようだ。とても、やりにくい。

「これ、どうやって使うんですか？」

九十九はもう一枚の羽根を指でくるりと回してみた。

重みは皆無で、美しい羽根だ。

繊細な作りをしているが、折り曲げたり、傷つけたりすることはできなかった。試しにカッターを立ててみたが、刃のほうが欠けてしまったのだ。物理的にも、見た目以上に頑丈である。

強い神気が宿っているが、九十九にはこの羽根を使って術を組むことができなかった。母親で、湯築屋の女将・登季子《ときこ》は神気の使いに長《た》けている。もしかすると、あれくらい熟練していなければならないのだろうか。

「それは……人がどう使用するものなのか、私にはわかりませんので」

「あ……そう、ですよね」

田道間守は神様だ。

人間の九十九とは、用途が違う。考えてみれば、田道間守に聞くのは、間違っている気がした。

「ありがとうございます。稲荷神に、くれぐれもよろしくお伝えください」

田道間守はていねいに、九十九の手に橘の実を持たせてくれる。

羽根の見返りである。この橘を得るために、シロが羽根を提供してくれた。

「こちらこそ、ありがとうございます。わがまま言ってしまって……」

本来、田道間守の橘を堕神に与えるなど言語道断だ。田道間守も不本意だろう。それが申し訳ない。

羽根の代わりに手に入れた橘にも、強い神気が宿っている。

道後の神気を吸って育っているのだ。橘からは道後の湯と同じような神気を感じる。濃縮され、正真正銘、神様の霊薬とわかった。

九十九は丸い果実の感触を手で確認しながら、田道間守と別れて石段をおりていく。

そして、道後のアーケード街へと歩いた。伊佐爾波神社と道後のアーケード街を繋ぐ坂道は、いつも通り緩やかである。

「やあ、稲荷の妻」

目的地へ着く前に、塀の上から声がする。

おタマ様がのぞきこむように、こちらを見おろしていた。

「おタマ様……橘、いただいてきました」

「そのようだね。恩に着るよ」

　おタマ様はいつも通りの声で言って、九十九の前に飛び降りた。彼はくるりと九十九にお尻を向けて歩く。

　ついてこいということだろう。

「おタマ様」

「なんだい？」

　歩きながら話しかけると、おタマ様は穏やかに返してくれた。特になにかを気にする様子はない。

　おタマ様は、常にそうだ。

　神様みたいに、いや、神様以上に平坦で、達観している。人間たちと一歩線を引いた位置から見ている気がした。

　遠く離れはしない。しかし、誰とも深く交わらない。

　そんなおタマ様が、どうして、晃太のために堕神を助けようと思ったのだろう。

　九十九には、そこがわからなかった。

「知りたいのかね？」

　九十九の心を読んだように、おタマ様がふり返る。わずかに笑っている気がした。

　おタマ様はそのまま坂道をおりる道すがら、言葉を継ぐ。

「猫を長年飼うと、化けるという話があるだろう？　外国では、九つも命があるらしいじゃないか。通常の猫が、そう簡単に長生きすると思うかね？」

おタマ様の話は、やはり、普段の調子ではじまった。

「否である。吾輩は、えらく特殊なのだよ。君たちの言葉を借りれば、妖かね？」

「シロ様から聞きました。おタマ様は、昔から道後に住んでいるって」

「そうさね。稲荷神に比べれば、大したものではない。ザッと、四、五百年くらいかね？」

こうやって、おタマ様が自分について話すのを、九十九は初めて見た。

「吾輩はね、主の死体の上を横切ったのだよ」

猫には、様々な伝承がある。

道を横切ると不幸を呼ぶとか、不吉なイメージが色濃い生き物でもあった。

猫が死体を横切ると、よくない。というのは、九十九も知っている。死者に猫が憑くというのだ。そのため、死体の頭元に刃物を置いたり、着物を逆さに着せたりして、猫を避けるという風習もある。

「猫が死者に憑くというが、実際は逆のようでね。吾輩は人の生を終えたと思ったら、飼い猫に憑いていたのだ」

「え？」

おタマ様はアッサリと述べたが、これは大変な話を聞いた気がした。

たしかに、神様の中にだって、田道間守のように元は人間だった者がいる。それらと同じなのだと、考えればいい。けれども、九十九はお夕マ様を、そんな目で見たことなどなかった。

お客様である神様の成り立ちも、古事記の記載や伝承とは異なることもある。長い歴史の中で変化し、歪められる事実も多い。

「吾輩は猫であるが、人でもあったのだ——とはいえ、長年、人には肩入れすまいと思っていたのだがね」

お夕マ様の語り草は、まるで他人事だ。淡泊で、自分事を語っているとは思えなかった。いつも九十九が見ているお夕マ様そのもの。

それなのに、違う印象を受けてしまったのは、彼の話を聞いたからだろう。

「定食屋の息子は吾輩の生前とよく似ていてな」

「生前……」

それは、お夕マ様が猫に憑く前——人間だったときの「生前」なのだろうか。あえて確かめなかったが、九十九はそう受け止めた。

「幼いころから病を患い、飼い猫くらいしか吾輩に構う者はいなかったのさ。現代では治る病だったのかもしれないが、当時はあきらめられていたよ。ハナから病弱者は、人として扱われなかった」

おタマ様が人だった時代と、現代では様々な環境が変化している。医療の発展もそうだが、個人に対する考え方もずいぶんと変わっただろう。人権という概念は、最近できたものなのだ。

現代では完治する病も、昔は不治の病だった。子供のうちに亡くなる人も、今と比べものにならないはずだ。食えなくなって、子供を間引いていたという話も聞く。

生前のおタマ様は、そんな扱いを受けてきた人なのかもしれない。

そう思うと、彼が晃太に肩入れする気持ちもわかる気がした。

おタマ様が罹った病は、晃太とは違ったかもしれない。けれども、そこに抱く想いは複雑だろう。

「だから……本当に感謝しているよ。稲荷の妻」

おタマ様は一瞬だけ言い淀んだ。

「いえ……わたしは、なにも」

シロの助け船がなかったら、九十九は田道間守を説得できなかった。彼がいなければ橘をもらえず、堕神は消え、柿も枯れただろう。

そうだとしても、現状はなんの変化もなかったかもしれない。

柿は枯れるが、晃太の手術は行われるのだ。好きな柿が食べられなくなっても、手術に影響はない。手術を受ける晃太の気持ちが、変わるだけだ。

けれども、九十九は疎《おろそ》かにしたくはない。

おタマ様の想いも……晃太の気持ちも……少しでも、楽にしたいと思うのだ。お客様への接客と同じである。

九十九は、そこにある心を大切にしたかった。

この役目を九十九に預けたのは、大国主命と少彦名命である。あの二柱が九十九にまかせてくれたのだ。

その意味を果たせただろうか。

おタマ様の様子を見ていると……少しは役立てた。そう解釈できる気もする。

「こっちだよ」

商店街の裏道を通ると、住宅があった。その庭に続く塀へ、おタマ様はヒョイと飛び乗る。

九十九は同じように飛び越えられないので、入り口を探した。

「おタマ様」

おタマ様を追って庭へ入ると、柿の木があった。

枝が湾曲し、お辞儀のように垂れ下がっている。オレンジ色の柿の実が生っているが、生命の力強さはない。

「…………」

わずかに感じられるのは、たしかに、神気だった。

同時に、堕神特有の瘴気《しょうき》も。五色浜で蝶姫に憑いていた堕神と近い。しかし、弱々しくて、今にも消えてしまいそうだ。あのときとは、まったく違う。禍々《まがまが》しさも、執念も、なにも感じられない。

柿の木は堕神に生かされている。一方で、堕神は柿の木にしがみついている。堕神は柿の木に憑くことで、道後の神気を吸いあげているのだろう。それでも生命を吹き返すには至っていない。

どちらが消えても駄目なのだと、九十九にもわかった。

「神は嫌いだよ」

柿の木の前で、おタマ様が座っている。長い尻尾をふって、九十九を見あげた。

「自分たちが完璧な存在であると驕《おご》っている。実際には、ある意味で吾輩たちなどより、ずいぶんと脆《もろ》いとも思うのだがね」

おタマ様の言葉は皮肉だ。

彼が言おうとしている意味は、九十九にも、なんとなく理解ができた。

田道間守や天照、大国主命をはじめとした神様はみんな、自身の存在に誇りを持っている。神様はそれぞれ自らを完璧で、孤高で、絶対であると信じているのだ。

一方で、人からの信仰をなくし、名を忘れられれば、このように堕神となる。ただ無為に消えていく。

　おタマ様が「脆い」と評するのは、その点だ。

　神様から見ると、延命しようとしがみつく堕神など、「不完全」だろう。醜悪で、意地汚く、傲慢に見えてしまうのかもしれない。消えるべき存在は、潔く消えるべき。そう考えている。

　そんな神様たちを否定したくないが……九十九は疑問にも思う。

　堕神となっても、彼らは神様なのに。

　九十九は両手で橘を持ち、柿のほうへ歩いた。

　そして、差し出すように手を前に。

「あ……」

　九十九の両手から、ふわりと橘が浮かびあがる。

　橘は霞のようにスウッと色が薄くなり、ゆっくりと消えていった。空気に溶けているみたいで、不思議な光景だ。シロが霊体化して見えなくなるときに似ている。

　堕神の神気がわずかに回復していった。

　橘は無事に、堕神へ届いたようだ。九十九はホッと胸をなでおろす。

「感謝するよ、稲荷の妻」

「おタマ様に何度も感謝されると、ちょっと調子が狂いますね」

ペースを乱されてしまう。九十九が苦笑いすると、おタマ様も笑った気がした。

「そうであるな。吾輩らしくない」

「はい」

おタマ様は気まぐれな猫そのものの表情で、あくびをする。前足を舐めて、「にゃあ」と鳴いた。

なんとなく、いつもの仕草をしようと努めているのだと伝わる。

他人様の庭で長居するのもよくない。九十九は、おタマ様に別れを告げて、庭を出た。おタマ様は気にしない素振りをしていたが、九十九が見えなくなるまで横目で見送ってくれる。

庭を出て、数歩。

ふと、うしろをふり返ると、見知った顔があった。

鴉《からす》の羽根のような艶やかな黒髪に縁取られた顔は、人形めいている。シンプルなシャツとブラックジーンズという服装はラフだが、顔がいいからだろうか。お洒落なファッション誌の表紙を飾れそうだと思った。

「シロ様、いたんですね」

シロが結界の外で活動するための傀儡《くぐつ》だ。本人は湯築屋から出られないため、必要があれば使い魔か傀儡を使用する。

普段、九十九を外で見守っているのは、猫など動物の使い魔だ。だが、傀儡のほうが感覚や神気の共有がスムーズらしい。入り用のときは、傀儡を使用する。

この人形めいた傀儡が、九十九は苦手だ。

体温が低くて、表情も本物のシロに比べると乏しい。使い魔よりも本人に近いらしいが、なんとなく、マネキンを相手にしている気分になる。

「九十九が心配だったからな」

「そんな大げさな……」

「大げさではない」

シロの傀儡は腕組みしながら、先ほどの庭を見た。

「九十九の神気は甘い」

「あ……ごめんなさい」

指摘されて、初めて、なにを心配されていたのかを理解する。

九十九自身、巫女の修行を終えておらず、神気を上手く扱えなかった。だが、その神気は非常に強いらしい。また、天照など神様から見ると、「甘い」のだ。

消えかけた堕神が欲しがる類の神気だろう。シロは、九十九が堕神に襲われないか心配していたのだ。

「でも、田道間守様の橘があったから……」

「九十九、自分の価値を理解するのだ」

不老不死の霊薬と呼ばれる田道間守の橘よりも、九十九のほうが価値がある。そう指摘されていた。

「やっぱり、わたし……先に巫女の修行をしたほうがいいんでしょうか。どんな修行をするのか、聞いたことがないのですが……やれるだけは、やってみたいと思うんです」

九十九は生まれたときから、湯築の巫女であり、シロの妻だった。

それでも、巫女の修行をせずにいるのは、ひとえにシロの恩情だ。義務教育もある現代社会に、湯築の慣習がそぐわないからである。

だが、九十九の神気は歴代の巫女よりも強いという。だったら、修行をして制御できなければいけないと思うのだが……九十九の問いかけに、シロはむずかしそうな沈黙を与えた。

「案ずるな」

それだけ言って、シロの傀儡は九十九の肩を抱こうとする。帰宅をうながしているのだ。

九十九は導かれるまま、とぼとぼと歩き出す。

「九十九のせいではない……儂が――いや、よい」

――言っておくが、そなたの未熟さは、そなた自身にあるわけではない。

お客様として訪れたケサランパサランにも、似たことを言われた。なぜか、同じ事柄を指しているのだと、九十九は気づく。

原因は九十九にあるわけではない。

それは……と、聞きたい気持ちをおさえて、シロを見あげる。

シロの傀儡には、ほとんど表情がなかった。

「…………」

傀儡が、やりにくそうに視線をそらす。

「儂が庇護《ひご》しておるのだ。案ずるなと言っている……九十九は、儂が頼りないのか？」

九十九の頭に手をのせながら、シロはそんなことを言った。

見あげると、人形めいた顔の唇の端が少しだけさがっている。

守られているばかりでは嫌だ、という九十九の気持ちを否定されたようだった……けれども、そうではない。

シロは神様だ。

シロにとっては、九十九は庇護の対象。守って当然の存在だと考えられている。そして、それが彼にとっての当たり前なのだ。

「えっと」

上手く声が出ない。

九十九は、守られているばかりが嫌だ。

だが、シロは九十九を当然のように守るべきだと思っている。

自分の意見を押しつけると、シロを否定してしまうのだ。九十九が否定されたと感じているのと、同じことをシロも感じている。

むずかしい。

シロは、むずかしい。

でも……シロも、きっと九十九をむずかしいと思っている。

「ごめんなさい。ありがとうございます……」

神様って、むずかしい。

もやもやとした感情を抱えてしまう。しかし、これが神様なのだとも、充分にわかっていた。シロたちは、人と違う価値観で動いている。

シロは九十九に、自分について教えてくれると言った。九十九を理解したいとも言ってくれている。

では、九十九もシロを理解する努力をしたい。

もやもやする。

もやもやするけれど。

嫌な気はしないのは、なぜだろう。

シロのおかげで、田道間守の橘を堕神に届けられた。

晃太の手術までは、堕神は生き延び、柿の実が食べられるだろう。おタマ様の話では、晃太の母親が毎日、柿の実を収穫して病院へ持って行っているらしい。

手術は来週だ。ちょうど、道後の秋祭りと重なる。

観光客でにぎわう道後のアーケード商店街は、祭りに向けての準備を進めていた。毎年、伊佐爾波神社から六基、湯神社から二基の神輿が宮出しされ、道後温泉駅前広場で鉢合わせを行う。

鉢合わせとは、神輿と神輿を衝突させる行事だ。

神輿が壊れるのも厭《いと》わず、担ぎ手たちが神輿をぶつけ、押しあう。担ぎ手も観衆もボルテージがあがるため、警察も待機する。

道後以外にも、松山市内各所で行われる神輿の鉢合わせは「喧嘩神輿」と呼ばれ、日本国内でも有数の激しい祭りであった。

穏やかで、のんびりしていると評される愛媛の県民性とは真逆だ。

しかし、やはり、県民は祭りが好きだった。そして、湯築屋に訪れる神様たちも、同じである。

祭りは庶民のガス抜きとして発展した歴史を持つが、神事だ。

神様をもてなすための行事である。

「九十九ちゃん、どうしたの？」

学校帰り。

アーケード街の入り口から、伊佐爾波神社をながめていた九十九に、小夜子が声をかけた。

「シロ様のこと、考えてたの？」

「な……！　なんで、そうなるの⁉」

「だって、九十九ちゃん、シロ様のこと考えはじめると、ぼんやりするでしょ。そうじゃなかったら、お客様のことかなって」

「お客様のことだよ！」

どうして、その二択でシロを選択されたのだろう。九十九は頭を抱えた。小夜子は、たまにこうやって、九十九をからかうのだ。

しかし、お客様について悩んでいたというのも……少しばかり違う。

「ねえ、小夜子ちゃん……堕神って、話したりできないのかな……？」

「え……堕神？」

九十九は今まで、二柱の堕神に出会った。

五色浜の堕神、柿の木の堕神。

どちらも、言葉を交わせるような状態ではなかった。通じない――否、ただただ静かだった。

堕神だって、元は神様である。

以前は人間の信仰があり、たしかに存在していた。それなのに、名前を忘れられた途端に、ただ消えていく。

彼らがどんなに人間に恵みを与えた神であっても、だ。

天照や須佐之男命のような日本神話に語られるほどの神々でも、万一、誰も覚えていなくなったら、消えるのだという。

消える。

その概念は、恐ろしい。

当たり前に存在していた神様が消えるのだから。

「そんなのって……ちょっと寂しい」

神を崇《あが》めなくなったのも、忘れてしまったのも、人の都合だというのに。

そうやって成り立つ共存関係なのだと言われても、九十九には易々と納得できなかった。

わけて考えられないのだ。彼らを区別することなど、できない。

「九十九ちゃん、本当に神様たちが好きなんだね」

眼鏡の下で小夜子が柔らかく微笑んだ。

「私は……堕神なんて、嫌いだよ。だって、蝶姫を苦しめたもの」

「あ、えっと……ごめん」

五色浜に憑いた堕神は、小夜子の友人である鬼の蝶姫を利用したのだ。それが原因で、蝶姫は力を削がれ、湯築屋で湯治していた。

小夜子にとっては、堕神は敵なのだ。九十九の失言である。

「でも、九十九ちゃんは好き。九十九ちゃんが大好きなお客様たちのことも……私、九十九ちゃんがお招きするなら、その方もお客様だと思うよ」

九十九がなにを考えていたのか、小夜子にはわかっていたのだろうか。言いたかったことを、先に言われてしまった気分だった。

「九十九ちゃんの好きにしていいと思う。反対する人なんて、湯築屋にはいないよ」

小夜子の言葉は優しい。それなのに、力強くて頼もしく思えた。

「ありがとう、小夜子ちゃん」

だから、九十九は元気よく返答できた。

ちょうど、湯築屋の暖簾の前に着く。

九十九は宿の門を見あげたあとに、敷居を跨ぐ。

暖簾を潜った向こう側は、結界の世界だ。

昼間でも、月も太陽もない藍色の空が広がっている。庭の木々には赤々と色づく紅葉が茂っており、くるくると落ち葉が池に落ちていく。

暖かな色彩のガス灯だけではなく、今日は、提灯《ちょうちん》の光が浮いていた。吊すものなどなく、文字通り、浮いている。シロの結界が見せる幻影は、物理的な法則を無視することが往々にしてあった。

「おかえりなさいませ、若女将」

帰宅した九十九を迎えたのは、お客様であるはずの天照だった。丸みのある愛くるしい少女の顔に、蜜のような甘い笑みを浮かべている。油断すれば、沼に引きずり込まれそうな魔性の色香を感じた。

「天照様」

「呼ばれるような気がしましたので」

九十九が発言する前に、天照は歩み寄ってくる。一歩ずつが軽く、浮遊するような調子だ。

手に持っているのは、見覚えのある銅鏡である。

それを、九十九は知っている。

「これ」

天照が差し出したのは、八咫鏡《やたのかがみ》である。三種の神器だ。

以前に、五色浜で堕神を、鏡の中へ移し、湯築屋へ連れてきたことがあった。そのときと、同じものだ。

九十九は鏡を受けとろうと、両手を伸ばす。

しかし、天照はスッと鏡を引っ込めた。

九十九は直感的に、見返りを求められているのだと気づく。

「えっと……」

「なんでもいいですよ」

この場合の「なんでもいい」は、むずかしい。神様は、ときどき、九十九たちを試すのだ。

本当になんでもいいのかもしれないが、相手がなにを差し出すかはかっている。言葉一つひとつ、九十九はいつも試されているような気がした。特に、天照はその傾向が強いように感じる。

「これ……」

九十九は制服のポケットを探った。

「八咫鏡を貸してください。この羽根と、交換では足りませんか？」

差し出したのは、シロの羽根だった。

田道間守に提供した残りの一枚である。現状、九十九に使い道はわからないが、神様には価値があるらしい。それならば、天照が持っているほうがいいのではないか。

だが、天照は少し考えたあとに、首を横にふった。

「若女将。そんなものをいただいてしまったら、あなたに鏡の所有権を渡さなければいけませんわ。いいえ、それでは足りないかも。わたくしを隷属《れいぞく》させたくて？」

「え……？」

九十九は白い羽根をまじまじと見つめた。

田道間守も似たようなことを言っていたが、この羽根に三種の神器以上の価値があるのか。そんな風には、とても思えない。

神気は感じるが、破格に強いとも思えなかった。神様たちの持ち物のほうが遥かに強力だ。なにか秘密でもあるというのだろうか。

九十九は困ってしまう。差し出せるものなど、他にない。

「味見でも、よろしくてよ？」

「へ？」

天照が唇に弧を描く。

赤い舌がわずかに見え、少女の見目に反した艶が強調された。

九十九の神気を差し出すよう、求められているのだ。

湯築の巫女で、稲荷神白夜命の妻。九十九の神気は神々、いや、妖や鬼にとっても甘く、極上の代物らしい。シロがいつも使い魔で見守っていなければならないくらい。

しかし……九十九の神気なら、八咫鏡の貸し出しには釣りあうのかもしれない。なによりも、天照がそれでいいと言っている。

「九十九ちゃん」

「大丈夫」

心配する小夜子を制して、九十九は天照の前に膝を折った。

ここはシロの結界だ。天照だって、九十九の神気を吸い尽くすなどという行為には及べないはずだ。結界では、どのような神であっても、シロの裁量一つで力を制限される。

大丈夫。

九十九は、太陽のような天照の瞳を見据えた。

「まあ」

美しく輝く目を細めて、天照は九十九の首筋に耳を近づけた。吐息が耳朶《じだ》に触れ、身体中が熱くなってくる。

「こんなに信用されてしまうと、悪戯できないではありませんか」

ささやきながら、天照は九十九から離れた。神気を吸われた感覚などない。ただ、頭のうしろで、なにかが引き抜かれた。

「これで充分です」

天照の手には、九十九のリボンがあった。ポニーテールに触れると、仮止めのゴムだけの状態になっている。

そういえば、あのリボンにはシロの加護が宿っていた。

「本当に味見をしたら、わたくし、追い出されてしまいそうですから」

天照は可憐に笑いながら、九十九のうしろに視線を移す。ほどなくして、九十九の肩に大きめの手がのった。

「今から追い出しても、よいのだが？」

シロだった。ずいぶんと不機嫌そうな顔で、九十九の背後に立っている。薄《うっす》らと神気の気配が発せられており、いつもよりも明らかに攻撃的だった。

「冗談ですわ」

天照はクスリと笑って、九十九のリボンを両手で持つ。もらっていくという宣言なのだと思う。

シロは「さっさと失《う》せろ」と言いたげに口を曲げ、九十九を自分のほうへ引き寄せた。抱きしめる、というよりも、お気に入りのおもちゃを盗られないようにつかむ子供のようだ。

天照は、スウッと霧のように消えていく。

「では……返却は、また宅配便でよろしくおねがいします」

九十九の手には、八咫鏡が残っている。ずしりと重量感があり、両手で扱わないと落としてしまいそうだ。

「はい……」

「九十九」

責められている気がして、九十九はひかえめにシロを見あげる。

「……まず、儂に相談せぬか？」

見ると、シロの背では尻尾がシュンとさがっていた。責められているのではなく、拗《す》ねているような態度である。耳もやや元気がない。

「あ……すみません」

以前にも、九十九は天照から八咫鏡を借りている。そのせいか、この件は天照と交渉するのがいいと思ったのだ。

それに、これは九十九のわがままである。

シロに頼りすぎるのも間違っている気がしたのだ。

けれども、シロは神様で九十九は巫女である。庇護対象であり、シロはそれを当然だと思っている。

むずかしい。

どうしようもなく、むずかしいと九十九は感じた。

「あの……本当に、すみません」

「よい。巫女には、好きにさせる」

シロは九十九がなにをしようとしているか、気づいているようだった。

だが、今、相談しろと言われたばかりだ。

九十九は改めて、言葉にしようと決める。

「堕神様に、おもてなしさせてください。わたし、どうしても……他のお客様と違うなんて、思えなくて……」

シロはそう思わないかもしれないが、九十九にとっては堕神もお客様であった。

同じ神様だと信じている。

この言葉は、シロたち神様にとっては不敬だ。怒る神様もいるはずだ。それでも、今のシロならわかってくれる——いや、わかろうとしてくれる気がした。

「だから、手伝ってください。シロ様の力もお借りしたいです……危なくなったら、守ってください」

九十九は非力だ。

こんな頼み方しかできない。

「よかろう」

しかし、シロはふわりと笑みを作り、たしかにうなずいてくれた。

6

道後の秋祭りは三日間にわたって催される。

もちろん、祭りは神事だ。神様のために行われる。ゆえに、湯築屋のお客様にとっても、一大行事であった。

「争いは好ましいところではありませんが……相方は、やる気に満ちあふれておりまして。僭越《せんえつ》ながら、当方も本気を出させていただきましょう」

湯神社の祭神・大国主命が糊の利いたスーツを脱ぎ捨て、法被《はっぴ》を纏っていた。いつものスマートな眼鏡を耐久性の高いゴーグルに替え、背筋を伸ばして立っている。肩でぴょこぴょこ跳ねている豆粒は、相方の少彦名命だろう。

道後の喧嘩神輿では、湯神社からも二基の神輿が参戦する。

「まったくよ……しょうがねぇなぁ。今年も、お手柔らかにおねがいしやがれよ！」

大国主命と対になるように立ったのは、須佐之男命であった。

伊佐爾波神社には、八幡神《やはたのかみ》と呼ばれる、応神天皇《おうじん》をはじめとした神々を祭神としている。

更に、境内には三つの摂末社《せつまつしゃ》があり、それぞれに神様が祀ってあった。

須佐之男命も摂末社である素鵞社《そがのやしろ》に祀られており、荒っぽい喧嘩神輿では伊佐爾波神社の神代表として、毎年、先頭に立っている。

須佐之男命が祭りに参戦する様子を、他の神々はのほほんと観覧しているのだった。

「アンタらには、ちょっとした縁があるしなぁ！」

現在の湯神社がある場所には、もともと、須佐之男命と妻の櫛名田比売《くしなだひめ》を祀る出雲崗《いずものおか》神社があったのだ。大国主命と少彦名命を祀る湯神社は、その隣に位置していた。

後に大地震の影響で湯神社が大破し、出雲崗神社に合祀《ごうし》された。

しかしながら、時代の変遷により出雲崗神社が湯神社に合祀され、立場が逆転してしまったのである。宝永《ほうえい》の地震で道後の湯が止まった際、湯神社で祈祷《きとう》を行ったところ、再び出湯した功績が大きかった。

単純な話、あとから社に転がり込んできた大国主命が、いつの間にか須佐之男命の代わりに家主となっていた、という状態である。

須佐之男命は気にしていないと言うが……年に一度、祭りの際だけは包み隠していなかった。伊佐爾波神社の神々が祭りを彼にまかせておくのも、そこに起因している。

「はは……お客様方、仲よくしてくださいね？」

祭りは神事。神のために催される。

だが、その祭りの中心に、神様たちが立って毎年対決しているなど、一般の人間はあまり知らないのであった。

湯築屋では恒例行事のようなものなので、喧嘩にならなければいい。むしろ、その争いを楽しみに来館するお客様もいるくらいだった。

ただ、数年に一度、大国主命と須佐之男命がヒートアップしすぎてしまうため……従業員としては、油断できない。

「やっちゃえー！」

煽《あお》るように盛りあがっているのは、制服姿の神様・愛比売命であった。伊豫豆比古命《いよずひこのみこと》神社、通称、椿《つばき》神社の祭神だ。

祭りや宴など、人が集まる行事では、楽しくなってJKツバキさんモードに性格が切り替わる。先日のカレーライス宴会でも、須佐之男命と大食い対決をしていた。

「ふふ。須佐之男、しっかりするのよ」

須佐之男命のうしろでは、天照が弟神に労《ねぎら》いの言葉をかけていた。須佐之男命は軽く「おうよ！」と手をあげて応える。

神輿の鉢合わせは、道後温泉駅前で行われる予定だ。湯築屋で見られる神々の意思表明は、その前哨戦《ぜんしょうせん》とも呼べるだろう。

お客様たちは、それぞれ人間に擬態して祭りを見物する。霊体化して見守る神様もいるが、多くは市民の熱気や祭りの臨場感を直接味わいたいらしい。

こういうところは、彼らも妙に人間くさいと言える。

「九十九ちゃん、湯築屋は私たちにまかせて」

お客様たちの様子を見ていた九十九に、小夜子が一声かけてくれる。

「ありがとう」

九十九は遠慮なくうなずいた。

抱きしめている丸い円盤は、お盆ではない。

天照に借りた八咫鏡である。

中には、柿の木に宿っていた堕神がいた。

「晃太君、無事に手術終わったって、おタマ様が言ってた……あとで、田道間守様にもお礼を言いに行くね」

「うん、よかった」

晃太の手術が終わり、柿の木は役目を終えている。

九十九が八咫鏡を使用して堕神を鏡へと移すと、柿の木はたちまち枯れてしまった。心が痛んだが、まるで、晃太の手術が終わるのを見届けたかのようだ。

そして、九十九は堕神を連れて――。

「お祭り、いってきます。この方も、神様で……わたしたちのお客様だから」

堕神がこのまま消えるのは、嫌だった。

九十九にできることは少ない。いや、なにもない。これはただのわがままで、自己満足だ。完全に主観で動いている。

それでも、九十九は堕神を神様として扱いたかった。

他の神様と同じように。

だから、一緒に祭りへ行こうと思うのだ。

これが、九十九のおもてなしである。


朝早い時間だというのに、祭りを迎えた道後温泉駅前の広場は、大変にぎわっていた。

混雑し、人で埋め尽くされている。神輿の鉢合わせがあるスペース分だけを確保して、運営スタッフや警察官が整備を行っていた。

いつもの風景なのに、いつもとは違う。

様変わりした広場を前にすると、祭りの空気が肌で感じられた。

その中を、人の波を縫うように九十九は進む。八咫鏡は、風呂敷に包んでしっかりと抱きしめている。

着物ではなく、私服で来ればよかった。と、九十九は少しばかり後悔する。そのまま出てきてしまった弊害だ。

「九十九」

声とともに、頭に指が触れる。紅葉の簪《かんざし》がズレていたらしい。

直してくれたのは、シロの傀儡だった。整いすぎて人間離れした顔が不気味だけれど、このときばかりは頼もしく思える。

堕神は疲弊して消滅する寸前だと言っても、無害とは限らない。シロがついてきてくれると、心強かった。

「この辺りに、しましょうか」

人の中を歩くだけでも疲れてしまった。鉢合わせがよく見える位置に陣取って、九十九はシロの傀儡に笑う。

「人、いっぱいですね」

「そうだな」

改めて口にする必要はないが、なんとなく。

堕神に祭りを見せるという名目だが……冷静に考えると、これはシロとのデートでは？　と、一瞬、頭を過《よぎ》ったのがいけなかった。一度、考えてしまうと修正がむずかしい。

とは言っても、よく見れば、市民に混ざって湯築屋のお客様の姿も確認できる。

制服姿でイカ焼きを堪能する愛比売命、いや、ツバキさんがいた。大国主命と須佐之男命は、二人して、自分の神社から宮出しされた神輿が素晴らしいと張り合うように語っている。天照もスマホで写真を撮っているし、田道間守もりんご飴を食べていた。

二人きり、というわけではないが……。

「デートみたいで、儂は嬉しいぞ」

「それ、言うの避けてたんですけど！」

シロがサラッと言うので、九十九は思わず抗議する。

「いえ……これは、おもてなしですから。デートじゃないです」

「だが、儂は嬉しい。九十九は違うのか？」

「ちがい……」

違います。

違いません。

どちらの言葉も、スムーズに出てこなかった。九十九は真っ赤な顔を八咫鏡で隠した。

この質問に答えるのはむずかしい。

「外まで祭りを見に出るのは久しいからな。大国主命らの喧嘩で満足しておった」

あ、そうか。

シロは、結界の外には直接出ない。傀儡や使い魔を利用して外をのぞくことはできるが
……祭りの見物のためだけに、わざわざそれらを使用しない。九十九も毎年、祭りの日は
湯築屋で接客していた。

「やはり、祭りはよいな」

「本当は、お神輿の宮入りや宮出しも面白いんですけど……気がつかなくて、すみません」

　伊佐爾波神社の長い石段を大勢の担ぎ手とともに神輿が移動する光景は、圧巻である。こちらも祭りの中では人気が高かった。

「……来年は、ちゃんと見ましょうか」

　ひかえめに、誘ってみた。

　お客様のおもてなしではない。

　シロと一緒に、祭りに来たいと伝えたつもりである。

　しかし、おそるおそる確認した視線の先に、シロはいなくなっていた。九十九は慌てて、周囲を見回す。急にどうしたのだろう。

「九十九！　東京ケーキがあったぞ！」

　上機嫌に叫ぶシロの姿があった。今の間に、屋台で買い物をしたのだ。

「……もう」

　全然、聞いてなかった！

　九十九は肩を落としながら、シロが目当てのものを手に入れて帰ってくるのを見ていた。

「東京ケーキ、九十九は食べるか？」

　シロが手にしていたのは、なんの変哲もない祭りの風物詩だ。

　黄色い紙袋に、東京タワーのイラストが描いてある。だが、上部には「松山名物」と記載されていた。

そう。松山名物・東京ケーキなのである。正確な由来はわからないが、東京ケーキという名の松山名物なのだ。

九十九も小さいころから慣れ親しんでいるので、疑問を持ったことがない。とはいえ、松山市中心の呼び方で、東京で同名の商品が売られているわけではないらしい。

「ありがとうございます……」

シロが悪気なさそうに差し出してくるので、九十九は苦笑いしつつも、袋から一つ取り出す。

いわゆるベビーカステラだ。

まん丸ではなく、片面が平面で少し形が歪《いびつ》である。だが、手作りの温かみがあった。

ほのかに温かい東京ケーキを一口で食べる。

パンのようにふわりとした食感のあとに、モチモチとした歯ごたえ。小麦粉と卵の味が素朴で優しい。自然な甘みが胸焼けせず、いくつでもパクパク食べられそうだった。

「美味しいです……もう一個、いいですか？」

「儂もあとで食べたい。残しておくのだぞ？」

「そんなに食べませんってば」

傀儡は食事を摂れない。難儀なものだ。

「九十九、あーん」

九十九の口に、シロが東京ケーキを一つ差し出した。

「……結構です。自分で食べますから」

「恋人同士は、こうやって食べるのではないのか？」

「シロ様とわたしは恋人じゃないから、いいんです」

「夫婦ではないか」

「そうですけど、いいんです！」

なんだか、餌付けのようで癪《しゃく》だ。九十九は、ブスッと半目になりながら、シロの指から東京ケーキを奪って食べる。

こういう知識だけは、すぐにどこかから覚えてくるのだ。油断も隙もない。本当に全部食べてしまおうか。

「ふむ、悪くないな……来年は、宮入りから見物しにくるか」

「え……」

不意のことで、九十九は反応が遅れてしまった。

口に入れようとした三個目の東京ケーキを落としそうになる。

シロ様も、来年一緒に来たいと思ってくれているんだ……。

「はい……ありがとうございます」

嬉しいな。

東京ケーキの甘みが心にしみた。

「美味しいです」

しみじみと、そう言ってしまう。

「そうであろう？　儂のチョイス、ナイスであろう？　東京ケーキ、美味であろう？」

「そういうことじゃないですけど……そんなところです」

「どういうことなのだ？」

二人がやりとりをしている間にも、祭りは進行する。

笛の音とともに、周囲が騒がしくなってきた。大勢の担ぎ手によって、神輿が運ばれてくる。いよいよ、喧嘩神輿の本番であった。

九十九はよく見えるように、八咫鏡を胸の前で持つ。銅鏡の面がキラリと光り、心なしか、喜んでいるような気がした。

「ほお」

シロが感嘆の声をあげる。

喧嘩神輿は神輿と神輿をぶつけて押しあう。文字通りの喧嘩であった。

その準備のために神輿同士が充分な距離をとったまま、「もてこい！　もてこい！」と声をあげている。司会者がマイクで、神輿の紹介をはじめた。

上に乗る神輿乗りが扇動し、担ぎ手の熱気があがっていく。担ぎ手は一基につき二百人を超えると言われていた。

　昔は無秩序に喧嘩が行われていたが、今は統制がとれており、スポーツの側面が強い。神輿の担ぎ手たちが向かいあい、互いに煽っていた。

　口汚い言葉も聞こえるが、祭り気質の若者らしい。普段は穏やかな県民が豹変する瞬間だと、揶揄《やゆ》されることもある。

「よいな。よいな。やはり、祭りはよいな！」

　シロはパアっと表情を明るくしながら、祭りを見ていた。傀儡の表情は本人と比べると幾分か乏しくなるが、充分に嬉しそうだ。きっと、湯築屋にいるシロは、尻尾をベシベシと揺らしているだろう。

「儂、あそこに乗りたいぞ！」

「ぶつけられちゃいますよ？」

「それがよいのだ！」

　やはり、神様は祭りが大好きである。

　周囲に見えるお客様たちも、みんな楽しそうに過ごしていた。

「九十九も楽しいか？　祭りは好きか？」

「そりゃあ……好きですよ。みんなと一緒に盛りあがれるのは、楽しいです」

「そうか！　よかった！」

以前は、このようなことを聞いてくれただろうか。シロが九十九の気持ちを問い、自分と一緒で「よかった」と口にするなど、初めてかもしれない。

気のせいだろうか。考えすぎだろうか。

それでも、九十九は嬉しいと思った。

「シロ様と一緒だから……」

ポツンと小さすぎるつぶやきは、担ぎ手たちの雄叫びに掻き消された。シロにも届いていない。

「おおっ！」

距離をとっていた神輿と神輿が、勢いよく近づいていく。

担ぎ手たちは全速力だ。神輿が壊れるのも厭わず、激しくぶつかっていく。

神輿の上で、神輿乗りがふり落とされそうになっている。それほどの衝撃なのだと、傍《はた》目《め》にも伝わってきた。

神輿と神輿が激しくぶつかるほど、神様が喜ぶとされている。

それが嘘ではないと証明するかのように、シロは目をキラキラと輝かせていた。どこから、ツバキさんの甲高い「最高ーッッ！」という悲鳴も聞こえる。

ぶつかったあとは、押しあって相手の神輿を沈めていく。そうやって、勝敗を競っているのだ。

九十九は八咫鏡を見おろした。

反応は特にない。

しかし、堕神も神輿を見ているはずだ。

喜んでくれているだろうか。

不安になった。

九十九には、こんなことしかできない。

消えていく神様に、なにもできないのだ。

無力だった。

「祭りで、そのような顔をするな」

九十九の表情に気づいたのか、シロが肩に手を置いた。あまり体温を感じない、ちょっとだけ無機質な感触。

けれども、優しい。シロが九十九に優しく触れようとしてくれるのが伝わった。

「儂には、九十九がどうしてそのような顔をするのか、わからぬ。堕神は消える。これは摂理だ……だがな、儂は消える瞬間に、そのような顔をする人間を見たくなどないぞ」

「シロ様」

「九十九が最期にもてなした。それだけで、充分ではないか？」

シロは「よくわからない」と言いたげに、だが、できるだけ九十九にわかりやすい語句を選んでいるようだった。

「堕神は何者にも忘れられた存在だ。だからこそ、最期に弔う者がいるのは恵まれていると思うのだがな……それも、我が妻だ。うらやましい話ではないか。これ以上のもてなしは、ないと思うのだがな」

ややズレている気もするが、その言葉は九十九の胸にスッと落ちていった。

これでいいのだと、認めてくれている。

他でもない。神様のシロから、そう言われると……きっと、そうなのだと思えた。

「………」

八咫鏡に反応はない。

だが、堕神の神気がもう長くないのは、伝わってきた。

すぐにでも消えそうだ。か細い糸で繋がっているだけ。ほとんど神気など残っていなかった。

『――ありがとう』

なにか聞こえた気がして、九十九はハッと辺りを見回す。しかし、みんな次の神輿の鉢合わせに夢中で、誰も九十九を見ていなかった。

手元の鏡が軽くなった気がする。

「お客様……?」

見おろすと、八咫鏡から漂っていた神気が消えている。

堕神が消滅したのだと悟って、一瞬、目尻に涙が浮かんだ。

けれども、違う。今は、泣くときではない。

祭りで、こんな顔をするものではない。

今、シロに指摘されたばかりではないか。

「またのお越しを……お待ちしております」

九十九は深く頭をさげた。

周りで、そのようなことをしている人間などいない。それでも、お客様をお見送りするのと同じように、ていねいに、頭をさげた。

顔には、精一杯の笑顔をたたえて。

7

八咫鏡を以前と同じように宅配便で送るための梱包作業を終える。

天照はこれでいいと言うが、本当に大丈夫だろうか。と、今更気になるが……仕方がない。

九十九は今日の仕事を終えたことに、息をつく。

あれでよかったのだ。

堕神を見送り、そう思えた。

姿は見えなかったけれど、彼も人々に恵みを与えた神様の一柱だったのだろう。

どうして、忘れられたのか。

なぜ、消えなければならないのか。

そんな疑問もわくが……これは、考えすぎだ。きっと、シロに怒られる。

九十九は、つい人間の尺度で神様たちを見てしまう。それが悪いところだと、注意されることもあった。でも、今回は決して悪いことばかりではないと思えた。九十九のおもてなしには意味があったのだと、実感できたのだ。

素直に嬉しい。

「稲荷の妻」

母屋の部屋なのに。誰だろう。

窓の外から声が聞こえて、九十九は慌ててふり向いた。

「やあ」

「おタマ様」

おタマ様だった。窓枠にチョンと乗り、九十九を見ている。

「定食屋の息子だが、術後の状態も安定しているそうだよ」

報告をしに来てくれたのだろう。そういえば、今日は祭りのせいで混雑しており、おタマ様に会えなかった。

気まぐれな猫又だが、案外、律儀なのだと思う。いや、おタマ様は人間に優しい。九十九のことも、いつも見守ってくれた。

九十九が笑うと、おタマ様は足元に置いていたものを咥え、九十九に投げて寄越した。

「これって？」

「猫だって、恩を返すのだよ」

両手で受け止めたのは、柿の実だった。しっかりとオレンジに色づいているが、少し固い。もうしばらく待てば、食べごろになる。

枯れてしまった柿の木に生っていた果実だ。ほのかに、神気の気配がする。田道間守の橘を与えていたからだろう。

普通の人間が食べても、害はない程度の神気だ。

「くれるんですか？」

「あまり、役には立たないがね。申し訳ない」

「そんなこと、ありませんよ。わたし、柿大好きです」

食べごろになったら、シロと一緒に食べよう。そう思いながら、九十九は柿を両手で包んだ。

「稲荷神と食べるのであれば……酒漬けがよいのではないか？　日本酒に蜂蜜を少量混ぜて漬けると、よいと思うがね。神は酒に目がないだろう？」

「ああ、なるほど！　たしかに、シロ様には、そのほうがいいかも……」

神様はお酒が大好きだ。

そういえば、幸一がときどき、シロ用に果実酒やサングリアを作っていた。

九十九も、この柿を使って挑戦してみてもいいかもしれない。自身は未成年で食べられないので、シロ用に半分だけ。

「おタマ様、ありがとうございます」

元気よく述べると、おタマ様はプイッと顔を背ける。

「神は苦手であるが……世話になったからね」

そう言って、おタマ様は黒い尻尾をふる。以前より、少し短くなっていた。

おタマ様は晃太のためとはいえ、神様から霊薬を盗んだのだ。田道間守より、罰が与えられるだろうと、シロが言っていた。これにより、おタマ様は道後の外へは出られなくなったらしい。

「吾輩は気にしていないよ。まあ、ちょっと退屈が増えるが……また面白い話を聞かせてくれたら、それで充分だよ」

おタマ様はそれだけ述べると、庭へとおりていった。

追いかけるように、九十九も窓の外を見る。

湯築屋の庭は、ため息が出るほど美しい。

紅葉の赤が、ガス灯や幻影の提灯に照らされている。池に映る影まで赤く、本当に鮮やかだった。

作りものの景色。

すべてがシロの裁量で変化する幻だ。

シロは祭りを見て喜んでいた。一緒に外へ出られて、嬉しそうだった。

けれども、彼自身は湯築屋の外へは出られない。それは、湯築屋の強すぎる結界を維持するためだと聞いたことがある。

もしも、シロが湯築屋の外に出たら、どうなってしまうのだろう。

結界が消えてしまったら、湯築屋はなくなってしまうのだろうか。それとも、また創ればいいのだろうか。

結界の外に出たシロは、どうなってしまうのだろう。

シロの背中に生えた翼を思い出す。

天使みたいで美しかった。それなのに、シロは嫌がっていた。辛そうで、苦しそうで
……それ以上、触れられない気がした。

あれはシロではないと、本人は言っているけれど。
いったい、あれは誰なのだろう。
でも、たぶん、大丈夫。
シロ様は、話してくれる。
今は、なぜか……焦らなかった。

霊．お宿の幽霊従業員

1

「いらっしゃいませ、お客様。おかえりなさいませ、女将」

九十九は、来館したお客様に深く頭をさげた。

珍しく、登季子から事前に連絡があり、準備していたのだ。

九十九の母であり、湯築屋の女将でもある登季子は湯築屋の海外営業を担当している。海外の神様を相手に勧誘し、湯築屋に連れ帰るのだが、どうも、時差の関係なのか連絡が遅れることが多い。

今回は、きちんと現地を旅立つ前にメールをくれたので、余裕を持って対応できた。

「つーちゃん、よろしく頼むよ。はあ、寒かった……温泉、温泉」

お客様とともに、登季子が玄関へ入る。

もこもこのファーがついたシンプルな白いコートや、少々赤くなった鼻先から、冬の寒さがうかがえた。湯築屋は年中気温が変わらず、冷暖房完備状態だが、外は当然のように冬だ。

一方で、登季子の隣に立つお客様は、外の寒さなど気にしない軽装であった。

たくましく盛りあがった筋肉に、直接、鈍い銀の鎧《よろい》を纏っている。赤いマントには金の刺繍《ししゅう》が施してあり、シンプルなのに豪華だ。

手には、柄の短い槌を持っている。

北欧神話の雷神トールであった。北欧最強の神と言われ、数々の武勇が神話に描かれている。その伝説に見合って、鋭い眼光を放つ目は血のように紅い。顔は、はつらつと若々しいが、赤い髪と同じ色の髭《ひげ》が立派だった。

「遠路はるばる、いらっしゃいませ」

九十九はトールをもてなそうと笑みを作る。

いつもと変わらない。

「…………」

しかし、反応がなかった。

どんなお客様でも、たいていは、なにかしらの反応があるものだ。けれども、トールには、まるで九十九の言葉が聞こえていないかのようであった。

困ったなぁ……そう思っていると、槌をにぎるトールの右腕が動く。

「あ、そうそう。つーちゃん」

そのタイミングで、登季子がなにかを補足しようとする。

だが、目の前でトールの腕がふりあがり、そして、おろされようとしていた。九十九には、登季子の声を聞く余裕などない。

「な……」

トールは戦神である。その伝説を支える武器が彼の槌——ミョルニルだった。

ミョルニルは雷《いかずち》を生み、巨人さえも粉砕する。神の武器だ。

無言でそれを向けられ、九十九はとっさに動くことなどできなかった。

「失敬」

叫び声すらあげられない九十九の視界を、藤色が遮る。

着流しと、濃紫の羽織が揺れた。

「出迎えが遅れたな、客人よ」

ミョルニルは力任せに、勢いよくふりおろされていた。

それなのに……目の前に現れたシロは、槌を片手で受け止めている。いや、受け止めると言うよりも、手を添えているだけだ。

結界の中では、シロが絶対であり、他の神々は神気を制限される。それは物理の法則さえも無視するのであった。

「トール様は初見で相手の力を測ろうとするから、気をつけてね」

「お母さん、それ先に言って！」

登季子がなんでもないように言うので、九十九は思わず抗議した。

いつの間にか、玄関に並んでいたコマも尻餅をついている。コマは数秒経ってから九十九のうしろへ這って移動した。小さな両手で頭を隠してブルブル震えている。

「コマ、もう大丈夫だよ」

「う、うう……若女将……若女将……」

コマが隠せていないお尻をふると、尻尾も左右に揺れる。頭隠して尻隠さずを体現しているようだ。

九十九が背中をなでると、コマはぴょこんと胸に飛びついてきた。よほど怖かったらしい。九十九は、よしよしと頭をなでてなだめる。

「む……」

一方、シロにミョルニルを受けられて、トールは硬かった表情を歪める。驚いたように見えたが、少し残念そうだとも感じた。

「ふん。まあ、よかろう」

トールは短く言い捨てて、ミョルニルをさげる。九十九もコマも、ホッと胸をなでおろす。しかし、コマは九十九に、ひしっと抱きついたままだ。トールに苦手意識を持ってしまったようである。

シロだけが涼しい顔をしていた。こうなると予測していたかのような動きだ。

「……っくしゅん！」

シロが出てきた途端に、登季子が大きなくしゃみをした。そして、すぐ出せるように忍ばせていたスプレーをシュッシュッとふりかける。

「シロ様がいると、くしゃみが……っくしゅん！　止まらなくなるんだよね！」

「ぐぬ……やめよ。顔にかけられると、目が痛くなるではないか！」

登季子にスプレーをかけられて、シロは煩《わずら》わしそうに顔をしかめる。登季子は鼻と口を押さえながら素早く玄関にあがった。

「つーちゃん、あたしは着替えてくるね」

まるで、シロから逃げるようだった。登季子は動物アレルギーで、シロがいるとくしゃみが止まらなくなるのだ。コマのことは平気なのに。

湯築屋では、恒例の光景である。

「九十九、客人を案内《あない》してやれ」

「あ……はい」

シロにうながされて、九十九は急いで姿勢を正す。つい、ぼんやりしてしまっていた。

コマは旅館の奥へと逃げていってしまう。

「お客様、こちらへどうぞ」

トールは黙ったまま、玄関へあがろうとする。シロが「履き物は脱がれよ」と指摘すると、素直に従った。

口数は少ないが、凶暴性はない。先ほど、唐突にミョルニルをふり回したのが嘘みたいだ。

登季子が「力を測ろうとする」と言っていたが……シロを認めたということだろうか。もしかすると、シロの結界がどのような性質なのか確かめたかったのかもしれない。

「ふむ」

大人しく案内されていたトールが、ふと立ち止まる。

なにか気になるのだろうか。

「ああ、それですか？」

視線の先にあったのは、壁にかかったクリスマスリースだった。碧の手作りで、カラフルだが素朴なものである。

もうすぐ、クリスマスだ。湯築屋でも、徐々に準備をはじめていた。

「不思議ですか？」

九十九が問うと、トールは顎をなでて息をついた。九十九は肯定の意だと解釈する。

日本人は神道《しんとう》や仏教を信仰する一方で、外国の祭典も祝う人が多い。特に年末は、クリスマスのあとに、正月を迎えるので動きが顕著だろう。

登季子が連れてきた外国の神様が首を傾げる姿を見たのは、一度や二度ではない。

「日本には、八百万《やおよろず》の神様が住むと言われているんですよ」

トールの反応は薄いが、九十九の話を聞いてくれる気があるようだ。

九十九は安心して続ける。

「この世には数え切れないくらい神様がいて、わたしたちを守っているという考え方なんです。だから、他の宗教もその一つとして扱われてきた説があります。たくさんの神様を受け入れやすい土壌が日本には根づいているんです」

実際のところは、クリスマス商戦とか、おもちゃ会社の策略とか、大人の事情が絡む面もあるが……それでも、日本人が受け入れているのは、そういう宗教的な土壌があってこそだと九十九は思っている。いい意味で、おおらかなのだ。

湯築屋の存在も、そこに支えられていた。

ここには、様々な神様が訪れる。まさに、八百万の神が訪れる宿なのだ。

「そうか」

トールは納得したようだ。

北欧神話も多神教である。日本とは考え方が違うと思うが、九十九の言いたいことが通じたのだろう。

寡黙だが、悪い神様ではない。最初はびっくりしたけれど、たぶん、大丈夫だ。そうでなければ、シロは九十九に案内をまかせない。そもそも、結界の内側に入るのも不可能だろう。

「湯築屋でクリスマスパーティーもするんです。よろしかったら、トール様も参加してみてください。ちょっと変わったクリスマスツリーもあるんですよ」

「……うむ」

トールは短く返してくれた。

九十九はにっこり笑いながら、お客様をお部屋に通す。

そのあと、お客様たちに夕餉を配膳して、一息。

九十九は厨房へ戻っていく。

トールに怯えたせいなのか、コマが震えていた。厨房の足元で丸まって、ただの狐のようになっている。配膳はお休みしてもらったが、今日はずっとこの調子かもしれない。

「コマ、もう平気だよ」

「す、す、すみません。若女将」

コマがガチガチに固まったまま、足元から這い出てきた。毛が逆立っており、まだ緊張しているのがわかる。

「コマも僕のお手伝いをしてくれていたんだよ。お刺身に、食用菊をのせてくれたり、野菜の皮むきしたり」

料理長の幸一がほんのりと温かい笑みを浮かべた。たしかに、足元には細かくなった野菜の皮が落ちていた……欠けてしまった人参やジャガイモの塊も見えるけれど。

「ありがとう、コマ」

「うう……ウチ、なにもできなくって……」

「そんなことないよ」

九十九が膝を折って頭をなでると、コマは頬を赤くして目を細める。とても嬉しそうだ。少しでも自信がついてくれるといいのだが。

「コマ、つーちゃん」

幸一がコトンと皿を置いた。

「媛《ひめ》っこ地鶏のみかんジュース煮込みだよ」

コマと九十九のために用意されたまかないだった。

耐熱の深皿に盛られているのは、手羽元である。

媛っこ地鶏は愛媛県の地鶏だ。

四種の鶏を交配させ、その長所を凝縮している。歯ごたえや、脂ののりがよく、噛めば噛むほど旨味を感じられるブランド鶏であった。

今回は煮込みなので、見目が非常に軟らかそうだ。つやつやと表面が照っており、やや黄色を帯びている。タマネギもとろとろで、今にも崩れそうだった。

フルーツには酵素が含まれており、肉と一緒に加熱すると軟らかくなるのだ。みかんジュースで鶏肉や豚肉を煮込む料理を、幸一がまかないとして出してくれる機会は多かった。

「わあ！　幸一様、ありがとうございますっ！」

コマが目をキラキラと輝かせながら両手をあわせた。おしりから生えた尻尾が、犬のようにブンブン左右にふれている。

九十九も隣に座って、箸をとった。

「お父さん、ありがとう」

「いいえ。早くお食べ」

鶏肉は箸で崩れるほど軟らかかった。圧力鍋で、よく煮てある。ほろほろと、すぐに骨から剥がれてしまった。

口に含むと、甘さが広がるが、嫌味はない。自然な柑橘《かんきつ》の味であった。冷たいみかんジュースでは強調されない爽やかな酸味も感じる。

尚且《なおか》つ、地鶏の旨味がしっかりとスープにも染み出ており、少しも味に無駄がなかった。白いご飯にのせても、よくあう。

「美味しい……」

本当に美味しいときは、意図せず言葉が出てくるものだ。

ほとんど無意識のまま、九十九はつぶやいていた。

それを聞いて、幸一が柔らかく笑う。

「トキちゃんがリクエストしたんだ。そうそう。お風呂あがりのコーヒー牛乳も用意しなきゃ。たぶん、もうちょっとしたら、トキちゃんお風呂に入るから」

幸一の目は本当に優しくて温かい。特に、登季子のことを語る際は、格別だった。

「お父さんは、お母さんのこと本当に好きだね」

「うん。もちろん、つーちゃんも」

どうして、二人は結婚したのだろう。どうやって出会ったのか、教えてもらっていなかった。

そもそも、登季子は強い神気を持ち、術にも長けている。それなのに、なぜ、巫女にはならなかったのだろう。

登季子は動物アレルギーで、シロを見るとくしゃみが止まらなくなる。それが理由だと言っているが……実のところ、ちょっとわざとらしいとも思っていた。シロにはくしゃみをするのに、コマは平気である。おタマ様と普通に話す姿も見たことがあった。

なにか他に理由があるのでは？　と、何度も思ったことがある。

小さいころは、はぐらかされてしまった。それ以降、なんとなく聞きづらいと思っている。

あまり話したくないように見えてしまったからだ。

「お母さんが営業出てるの、お父さんは寂しくない？」

そう問うと、幸一は珍しく目を見開いて、返答に困っていた。こんな顔の父を見るのは初めてで、九十九のほうも驚いてしまう。

「つーちゃんは……寂しい？」

逆に問われると、複雑な気分だった。

いつも母親がいないのは寂しい気もする。小さいころは、疑問にも思った。しかし、大きくなると、それが当たり前になっていたのだ。

寂しい。

そう、なのかな？

九十九は自分の中で反芻《はんすう》した。

「わたしは――」

「嗚呼、もしもし？」

厨房の入り口から、こちらをのぞきこむ人物がいた。九十九は慌てて箸を置き、立ちあがる。

「あれ。田道間守様？」

中嶋神社の祭神、田道間守だった。

稀に湯築屋を訪れるが、ご近所様なので基本的に宿泊はしない。今日のお客様にもいなかったはずだ。

田道間守は気さくに頭をさげながら、厨房へ入ってくる。

「いえいえ、回覧板ですよ」

「あ、なるほど。ありがとうございます！」

湯築屋の門を潜ると、鈴が鳴る仕組みになっている。だが、それは「お客様」に限っていた。田道間守のように、道後の組合にも顔が利き、湯築屋に所用で訪れるような神様は除外される。ほとんど住んでいる状態の天照も、同じであった。

それにしても、わざわざ湯築屋の中まで入ってくるなんて珍しい。

「実は不審者の目撃情報がありまして。気をつけてほしいと思い、みなさんに伝言しています」

「不審者ですか？」

「はい。不審者と言いますか、不審霊ですね。最近、この辺りをウロついているようで。特に、湯築屋さんの周りが多いのです」

「不審霊……幽霊ですか？」

九十九は急に寒気を覚えて、身震いした。

「大国主命とも話しあって、解決しようと考えていますがね。一応、お耳に入れておこうかと」

「は、はい……ありがとうございます」

九十九がぎこちなく笑うと、田道間守は「では」と言って、玄関のほうへ向かって歩いていく。

「若女将、どうしたんですか?」

田道間守を見送る九十九の顔を見て、コマが不思議そうにしている。

「え? え、ええ……なんでも、ないよ」

あははと苦笑いして、九十九は踵を返した。コマが顔をのぞこうとしてくるので、歩調も速める。

「さあ、コマ。お食事のお片づけは、一緒にできる?」

「はいっ!」

コマは、もうすっかり平気な様子で、気合いを入れた。

「それにしても、若女将はやっぱりすごいですっ。ウチ、トール様が怖くて動けなくなったのに……平気でお仕事できて、うらやましいですっ!」

「そうかな? トール様は、ちょっとびっくりしたけど……大丈夫だよ。悪い神様じゃないから」

「いい、悪いの問題じゃないですぅ……とにかく、若女将は強くて憧れますっ」

そうかな？　九十九にとっては、当たり前だった。

神様たちは優しいが、基本的に恐ろしい存在でもある。彼らは時折、人間にとっての脅威となるのだ。それは、トールに限った話ではない。例外があるとすれば、湯築家を庇護するシロくらいだ。

だからこそ、どのお客様ともきちんと向きあう必要がある。

人と、神様は違う。

しかし、同じでもある。

これは、人の尺度で神様を理解しようとするなというシロの言葉には反する考えだ。けれども、九十九にとっては、わけられない。

いや、今はそれが必要だと思っている。

神様だからと線引きしてはいけない。

それでは、なにもわかりあえない。

秋祭りで堕神との一件があって以来、九十九はそう信じるようになっていた。

2

窓の外では、雪が舞っている。

湯築屋の冬では、毎年恒例の光景であった。

赤や白の花をつけた梅が庭の池を囲うように咲いている。

まだ梅の時期には早いが、シロの幻影では関係ない。気分で咲く花の種類が変わるので、あまり気にする必要はなかった。

寒さは感じない。

シロの結界とは、そういうものだ。

九十九はにぎっていたシャープペンシルを指で回そうと試みる。だが、なかなか動画サイトのように、達者に回すのはむずかしかった。勢いをつけたペンがクルンと飛んでいくだけだ。

年が明ければ、本格的な受験がはじまる。模試では、志望校に合格圏内の判定が出ていたが、油断はできない。

というよりも、落ち着かないのだ。

なにもしていないと、とにかく、焦燥感に駆られる。宿題を忘れているわけでも、旅館の仕事をサボっているわけでもないのに……常に、なにかに追い立てられているような感覚だ。勉強しているのに、まだ足りない気になる。

ゴールするまで続くのだと思うと、胃がきゅっと縮まる気がした。

これが受験生のプレッシャーか。

意味のわからない焦りで、九十九は悶えそうだった。

「あ……将崇君？」

スマホの通知が入った。

アプリを見ると、将崇からのメッセージが開く。

『筑前煮《ちくぜんに》を作ったから、取りにきてもいいんだぞ！』

時刻は二十一時だった。

九十九は頭の端で、「こんな時間に？」と思ったが、きっと、将崇のタイミングでメッセージを送ったら、こうなったのだろう。

最近、将崇はよく湯築屋へ来る。

臨時のアルバイトとして手伝うだけではない。厨房へ入り、幸一から料理を教えてもらっているのだ。狸の里でも、人間の料理を作っていたようだが、湯築屋で楽しさに目覚めたらしい。

たぶん、コマに食べてほしいのだろう。なんとなく、わかる。

『わかったよ。今から、行くね』

九十九が返信をすると、すぐに既読がついた。

湯築屋は暖かいが、外は寒い。忘れて外に出ると、大惨事になる。

九十九は手早く、ラックにかけてあったダウンジャケットを羽織った。懐中電灯は……

街灯もあるし、スマホのライトで充分だろう。

「あ……」

ふと、九十九は田道間守の話を思い出してしまう。

『将崇君。よかったら、こっちに向かってきてくれると嬉しいかも。そのほうが、早く出会えるし』

と、メッセージを送りなおす。

すぐに、「ＯＫ」というスタンプが返ってきた。

九十九は足早に母屋の階段をおり、玄関へと向かう。その足元に、いつの間にか白い猫が寄り添って歩いていた。

「夜は危ないからな」

シロの使い魔は、澄ました顔でそう言った。

九十九は玄関で靴を履きながら、使い魔をなでてやる。ふわりと長い毛が柔らかくて、気持ちがいい。

「ありがとうございます、シロ様」

「あの狸は気に入らぬ」

ブスッと、猫が半眼になる。

まだ九十九が誘拐されそうになったのを根に持っているようだ。あれ以来、将崇とはなにもないというのに。

「なにもないですよ」

「仏は三度まで許すが、神は末代まで祟《たた》るのだ」

「怖いこと言わないでくださいってば」

「神の怒りを舐めるでないぞ？」

「わかりましたから。お父さんのレシピ通りに作っていると思うので、将崇君の筑前煮には松山あげも入ってると思いますよ」

「……小賢《こざか》しい狸め。命拾いしたな」

「単純ですね」

「松山あげは正義なのだ。松山あげを崇めよ」

「はいはい、美味しいですよね」

軽口を叩きながら、湯築屋の外へ出る。

幻影の雪が積もっていた庭と違い、外のアスファルトはカラッと乾いていた。それなのに、風が吹くたびに寒さに頬を刺されて痛い。息が白く染まっていた。

松山市は瀬戸内海《せとないかい》式気候のため、降水量が少ない。そのため、寒くても雪が滅多に降らなかった。たまに降ると、公共交通機関や道路が大パニックである。

「手袋、持ってきたらよかったかも」

「儂を愛《め》でるがいい」

シロの使い魔が九十九の腕に飛び乗ってきた。

猫の使い魔を抱きしめると、指先の冷たさが和らいだ。

九十九は使い魔を抱いて、宿の前の坂道をくだっていく。おそらく、将崇はアーケード街のほうから湯築屋を目指すはずだ。すぐに出会えると思う。

風に、木々がささやく。

湯神社や中嶋神社の境内に続く石段の前を通りかかった。

先ほど、田道間守に告げられた内容を思い出し、九十九の背筋に寒気が走った。

「………」

不審者……いや、不審霊。

幽霊、か。

そういえば、見たことがない。神様や妖とは日常的に接しているのに、不思議だった。

「嗚呼、なんだ」

なにもいないところで、シロの使い魔が声をあげた。九十九はびっくりして、肩を震わせる。

「な、なんですか？　シロ様、驚かさないでくださいよ」

「別に、驚かせてなどおらぬが」

「お、驚いちゃったんです！」

シロの使い魔は長い尻尾を揺らして、「ふうん」とあくびをする。

「九十九は、幽霊が怖いのだな」

「なっ……！」

そんなことないです！　と、上手く言い返せなかった。

「肝試しが嫌だと、泣いておったな」

「ま、ま、ま……待ってください。それ、いつの話ですか！」

「ほんの少し前ではないか」

「小学校のときじゃないですかっ！」

九十九は真っ赤になった顔を両手で覆いたかった。けれども、シロの使い魔を抱えているので、そうもいかない。

「幽霊など、妖や鬼と似たようなものではないか」

「全然、違います！」

「そうなのか？」

「そ、そうです。というか、怖くないです！」

「怖がっているではないか。現に、儂をずっと抱えて離さぬし」

「それは……寒いからです！」

傀儡と違って、使い魔には体温がある。これは、シロが神気によって別の生命を作っているからだ。

「ふむ。では、そこにいる者も、別に怖くないのだな？」

「へ？」

シロが視線で、暗がりを示していた。

つい、見てしまう。

真っ暗な茂みの中。

薄らと、白い影が浮かんでいた。靄《もや》のようで、はっきりしない。だが、それは確実に人の形をして漂っていた。

「ひ……い……！」

九十九は、思わず使い魔をぎゅっと抱きしめた。使い魔から「ぐえっ」と潰れた声があがったが、気にする余裕などない。

「ゆ……ゆ、ゆ……ゆ、ゆゆゆ幽霊ぃっ！」

気がつけば、「いやぁぁああ！」と悲鳴をあげながら、九十九は逃げていた。シロの使い魔をうしろへ放り投げて、坂を全速力でくだっていく。

「おい、どうしたんだ？」

前方に人影が見える。

近づくと、知っている顔だったので、九十九は必死で叫んだ。

「将崇君ッッッ！」

叫びながら坂をくだる九十九を見ても、将崇は状況を理解していないようだった。無理もない。

「なるほど。お前、そんなに俺の筑前煮が食べたかったんだな！　ま、まあ、お前がそうまで言うなら、これからいくらでも作ってや――ばっ⁉　な、なんだ⁉」

坂道をくだる慣性を殺さぬまま、九十九は将崇に飛びついてしまう。将崇は筑前煮の入ったタッパーを落とさないように、必死で踏ん張っていた。

「ま、ま、将崇君ッ！　幽霊！　ゆうれいッ！」

「は、はあ？」

「幽霊……！　幽霊！」

「落ち着けよ……幽霊なんて、珍しくもないだろう？」

将崇の声音は呆れていた。

「この泥棒狸め！　我が妻になにをしておる！」

シロの使い魔が毛を逆立てて、シャーッと将崇を威嚇《いかく》している。将崇はいろいろ困惑した顔で、頭を掻いた。

「お前の嫁が勝手に飛び込んできたんだぞ！　まあ、俺の嫁になるってんなら、してやってもいいけどな！」

「九十九は、そのような妻ではない。他を当たるがよい！」

「ほ、他ぁ⁉　ほか、ほか……他なんて、い、い、いないんだからな⁉　あいつは、俺の弟子なんだぞっ！」

「？　誰の話をしておるのだ？」

「だ、だ、誰のことでも、ないんだぞっ！」

将崇は勝手に顔を赤くしながら九十九を突き飛ばした。九十九も、そろそろ冷静になってきたので、慌てて将崇と距離をとる。

驚いたとはいえ、将崇に抱きついてしまった。迷惑をかけたと、反省している。

「ご、ごめん。将崇君……」

「お、おうよ。とばっちりだ！」

冷静になると、恥ずかしすぎる。穴があったら、入りたかった。

シロの使い魔が足元でブスッとした表情を浮かべている。とても不服そうだ。そして、当然のように九十九の胸元に飛び込んできた。

九十九はシロを抱きとめる。

「はあ……でも、びっくりしちゃった」

将崇と会えて、九十九は少しばかり安堵した。誰かがいるほうが安心する。もちろん、シロが頼りないわけではないが、気持ちの問題だ。

「九十九、落ち着いたか?」

「はい」

「では、そろそろ話を聞いてみようではないか」

「へ?」

話?

聞いてみる?

誰に?

シロの使い魔にうながされて、九十九はゆっくりと、うしろをふり返る。背筋に悪寒が走り、ゾワゾワと鳥肌が立った。

白い靄のようなものが宙を浮遊している。

ふわふわと、ゆらゆらと。

靄はやがて形となり、人間の顔が浮きあがった。

九十九が覚えているのは、ここまでである。

3

次に目が覚めたときには、湯築屋の天井が見えていた。

「頭痛い……」

九十九は朦朧とする意識の中で、懸命に身体を起こした。

どうして、応接間のソファで寝ているのだろう。

最後に見たのは、なんだったかなぁ。

九十九は記憶を辿り……考えるのをやめた。いや、考えたくなくなった。

「霊など、ほとんど害がなかろうに。何故《なにゆえ》、怯えるのかわからぬ」

考えないようにしていたのに、そんな指摘をされてしまう。

ムッとしながら見ると、向かい側のソファにシロが座っていた。シロの表情は呆れていたが、反面で、面白がっているようにも見える。

それが不服で、九十九は唇を尖《とが》らせた。

だが、その背後に白い靄を見つけて、顔が固まる。

「あ、あの、シロ、様……」

「そろそろ慣れよ。一応、此奴《こやつ》も従業員だからな」

「え？」

シロの言葉に、九十九は口をポカンと開けた。

「従業員、ですか？」

「左様《さよう》。うちの従業員だ」

湯築屋の？

「隠れずに、出てくるがよい」

シロはそう言いながら、靄の中に手を突っ込む。なにをしているのか、よくわからなかったが、なにかをつかむような動作だった。

ほどなくして、靄の中から引きずり出されるように、何者かが姿を現す。

「やめて、やめて……やめてって言いよるんよ。もうっ、シロ様、いけんってば……」

とても強い語調の伊予弁が聞こえる。

「わかったけん、引っ張らんといて！」

出てきたのは、制服姿の女の子であった。

紺色のセーラー服と、膝下丈のスカートが躍った。長い黒髪はきっちりと乱れのない三つ編みのおさげにされていて、清潔感がある。

年齢は九十九と同じくらいだろう。肌は青白くて、生気がない。よく見ると、スカートの下にあるはずの足が見えていなかった。

幽霊だ。

「えっと……」

九十九が口を開いた途端、幽霊がこちらをキッと睨んだ。威嚇されているようだ。相手が幽霊ではなくても、怖いと感じてしまう。

「え」

「高浜《たかはま》杏子《きょうこ》」

「名前」

「あ、はい……湯築九十九です」

「知っとるわい。うちの名前って意味よ」

「は、はい。すみません……」

幽霊は高浜杏子という名らしい。ぶっきらぼうに述べられて、九十九は辟易《へきえき》してしまう。

杏子はふわりと浮遊したまま、九十九の前に近づいた。

「ふうん」

「あの……」

どうして、顔をじろじろ見られているのか、九十九にはわからなかった。

杏子は「ふむふむ」と何秒も九十九の顔を熟視しながら、顎をなでている。

「なるほど、似とるんやね」

「誰にですか？」

「あの女と男によ」

あの女？　男？

遅れて、九十九は自分の両親であると気づいた。

「いい加減にせぬか。様子を見にきたくせに往生際の悪い」

杏子の雑な物言いを、シロがたしなめて息をついた。

「シロ様、この方って……」

「先にも言った通り、うちの幽霊従業員だ」

幽霊、とは、文字通りの幽霊であると同時に、幽霊《欠勤》従業員という意味か。シロの言葉が、それを物語っていた。

「従業員なんて、もうやめたんやけど……」

杏子はシロを否定するように、眉を寄せた。

どういうことだろう。

しかし、理由を問おうとする九十九の耳に、喧騒《けんそう》が届く。

「お客様っ！　お客様、困りますっ！　た、助け……びゃ、白夜命様ぁっ！」

どこからか、コマの怯えた叫び声が聞こえてきた。

続いて、ドゴンッと、なにかが壊れる音。襖《ふすま》が外れたのだと直感した。

九十九はとっさに立ちあがり、応接間の外へ出る。もう一度、音がしたのでそちらへ向かって急いだ。

外出したそのままの格好だったので、ジャージにダウンジャケットだが、かまうものか。九十九は若女将なのだ。お客様のトラブルは解決しなくては。

「ああっ！　若女将ぃ！」

廊下の向こうからコマが走ってきている。

「コマ、どうしたの？」

「ト、トール様がぁ……須佐之男命様につかみかかって……」

須佐之男命は、秋祭りからずっと湯築屋に連泊していた。帰るのが面倒なので、正月まで滞在するらしい。

トールと、なにがあったのだろう。

九十九が向かうと、ちょうど、襖が一枚、廊下に吹っ飛ぶところであった。

「おいおいおい、お待ちやがりくださいって！」

須佐之男命の声が聞こえた。

笑っているようにも、困っているようにも感じる。

一方、須佐之男命につかみかかるトールは、怒りの形相であった。赤い髪をふり乱し、歯を食いしばって須佐之男命を睨みつけている。

「お客様、落ち着いてください！　なにがあったんですか？」

とにかく、止めなければならない。

九十九は間に入ろうとするが、トールの気迫に押し負けてしまう。鬼気迫っており、とても引き剥がせそうにない。

「お前！」

「わからない奴だなぁ、アンタ。俺がなにをしやがったって言うんですかねぇ？」

須佐之男命には、自分が殴られる理由がわかっていないようだ。トールのほうは、激高していて、九十九の存在すら視界に入っていない。

これは、シロに頼むしかないか……神様同士の仲裁など、九十九には限度がある。

「ちょっとお客様方、よろしいでしょうか。暴れられると、困ります」

ていねいで、しっかりとした声が聞こえた。

高くてよく通る声に、九十九はふり返る。

先ほどまで、まったく周りが見えていなかったトールまで、ピクリと動きを止めた。それくらい、彼女――杏子の言葉はよく響いたのだ。

「お客様のお困りは、こちらですか？」

杏子が持ちあげたのは、女性物の着物であった。

柄に見覚えがあったので、九十九はすぐに、天照の所有物であると見当をつける。どうして、このようなものがここにあるのだろう。

「ああ、それ。なぁんか、昔着たのを思い出しちまいましてさぁ。ちょっと姉上様から拝借しまして……」

天照の衣を見せられて、須佐之男命が「それがなにか?」と、首を傾げた。

「それですよ、お客様」

杏子が人差し指を立てて解説する。

そこまで言われて、九十九も合点がいった。

須佐之男命は高天原を追放されたあとは、地上での伝説が中心に語られる神だ。その一つに、八岐大蛇《やまたのおろち》を退治する逸話が残されている。彼は八岐大蛇を誘《おび》き寄せるために、櫛名田比売を櫛に化けさせて自分の髪に挿したという。

そこで女装したと解釈する説もある……須佐之男命の反応を見るに、おそらく、実際に女性の着物も纏ったのだろう。

「着物くらい、いいんじゃねぇのか? 俺、別にそういうの気にしてないというか、普通に慣れていますけどねぇ」

須佐之男命にとって、女性物を身につけるのは抵抗がないようだ。

そこがトールの琴線に触れたということか……。

「須佐之男命様……トール様に、それは禁句です」

「え？　そうなの？」

北欧神話の雷神トールには武勇が数多く残る。それは、彼が持つ槌・ミョルニルの活躍が大いにあった。

だが、そのミョルニルが巨人に盗まれてしまう伝説がある。

トールはミョルニルを取り返すために、神々から変装を施され、巨人の住処《すみか》へ向かうのだ。

変装したトールを見て、巨人たちは騙され、自分たちの住処に迎え……そのまま、ミョルニルを取り戻したトールによって殲滅《せんめつ》された。

「言われてみれば、そんな話もあったかねぇ？　でも……いくらなんでも、この旦那が愛と美の女神に変装って、そりゃあ、ないぜ？」

「須佐之男命様、今、伏せて説明したのに！」

巨人が槌との交換条件に求め、トールが変装させられたのは――北欧神話の愛と美の女神フレイヤであった。

北欧神話の神々は面白おかしく、トールに女装を施して着飾らせたのだ。

雄々《おお》しいトールからは、たしかに、考えられない逸話である。それは、本人を目の前にしていると、強く感じた。

しかし、それはトールにとっても同じなのだと思う。

いわゆる、神様の黒歴史といったところか。

女物の着物を悪戯で着て歩く須佐之男命を見て、過去の記憶がよみがえり――この状況なのだろう。

湯築屋には様々なお客様が訪れる。お客様同士でのトラブルはつきものだ。けれども、これはなんとも言えない類だと、九十九は頭を抱えてしまった。

「さて、お客様方」

杏子が両手を叩いて、注目を集める。

彼女は得意げに笑っていた。

いつの間にか、紺色のセーラー服は臙脂《えんじ》の着物に替わっている。湯築屋の仲居が身につける着物だ。

けれども――九十九を驚かせたのは、そんなことではない。

九十九だけではなかった。須佐之男命や、息巻いていたトールも同じである。

「ちょっとした誤解も解けたところですし、ここは一つ、笑って許してはいただけませんか？」

ウインクする杏子の頭は、知らない間に丸坊主になっていた。

顔には、墨で髭や濃い眉が描かれている。

一瞬で様変わりした杏子に、九十九はなんと声をかければいいのかわからず、目をぱちくりさせてしまう。須佐之男命もびっくりして、口をあんぐり開けていた。

「は……」

最初に発声したのは、トールだった。

「ははは！」

大きな口を開けて、トールは快活に笑いはじめる。顔をのけぞらせて、高らかに声をあげていた。目尻には涙まで浮かんでいる。

寡黙なトールがこんな風に笑うなど、九十九は想像もしていなかった。呆気にとられて、なにも言えなくなる。

「よい、わかった」

一頻《ひとしき》り笑ったあとに、トールは短く告げる。

そして、もう怒る気はないと言いたげに、くるりと客室のほうへ戻っていく。

「いやあ……面白いことしやがりますね、アンタ！」

トールが去ったあとに、須佐之男命が馴れ馴れしく杏子に触れようとする。だが、その手を何者かが叩いた。

「もう、こんなところで……須佐之男！　わたくしの着物を返してくださいませ！」

天照だった。

勝手に着物を持ち出した須佐之男命に文句を言っている。

「あだだだ、姉上様」

「また他人様にご迷惑をかけましたのね。あなたって子は、本当に本当に……何千年、わたくしに世話をさせる気かしら」

「オレ、別に悪くありませんってば！」

「嘘おっしゃい！」

天照は不服そうな須佐之男命を引きずっていこうとする。数歩進んだあとで、「それでは、お騒がせいたしました」と頭をさげるところが、姉らしいと思った。

「コマ、大丈夫？」

九十九の足元に、またコマが隠れていた。

よほど怖かったのだろう。毛が逆立って、ブルブル震えている。

しかし、コマは声をかけられた途端に、背筋を伸ばす。

「す、すみませんっ……若女将……う、ウチ……お客様のご対応をしてきますっ！」

コマは毛をブルンッと震わせるが、すぐに気合いを入れなおした。

「わたしが行くから、いいんだよ？」

「いいえっ！　ウチ、がんばります！　若女将は、受験勉強をしてくださいっ！」

コマはそう言いながら、トットトッと足音を立ててトールを追いかけていった。

九十九も一緒に行こうとして、やめた。

きっと、コマは大丈夫だ。コマを信じないと。

「ありがとうございます、杏子さん」

九十九は、改めて杏子に頭をさげる。

「別に」

杏子の髪型や顔は、元通りになっていた。紺色のセーラー服を着て、三つ編みの先をいじりながら退屈そうに九十九を見ている。

「杏子さん、本当にすごいですね。あんなに怒っていたお客様をなだめるなんて」

「あんなん、基本やし」

杏子を、シロは「湯築屋の従業員」と紹介した。先ほどの様子から、それは本当なのだと実感する。

しかし、どうして。

「どうして、杏子さんは湯築屋から離れているんですか？」

純粋な疑問だった。

彼女の接客は生き生きとしている。働きたくないようには、とても見えない。幽霊を見たことがなかった九十九は怖がってしまったけれど、ここは湯築屋だ。神様が訪れ、コマのような妖だっている。

「そ、それは……」

杏子は言いにくそうに目をそらしてしまう。

「一緒に働きませんか？」

九十九は率直に述べた。

すると、杏子はあからさまに表情を歪める。

嫌悪のような、侮蔑のような。

なぜ、そのような顔をされるのか、九十九には見当がつかない。

「あの女にでも、聞いてみればええよ」

それだけ言うと、杏子は九十九の前から姿を消してしまう。なんとなく、結界の外に出たわけでないことだけはわかったが……。

「まったく……天照が甘やかすから」

遅れてやってきたシロが、吹き飛んだ襖を見て嘆息していた。

シロが指先を動かすと、襖はふわりと浮きあがり、元の位置に戻っていく。破れていた部分も、綺麗さっぱり修繕された。結界の中では、万物がシロの創造物であり、意のままだ。

「杏子のことは、まあ。彼奴《あやつ》らの問題だ」

「それって、さっきの……？」

杏子は九十九の母である登季子や、父の幸一をよく思っていない言い回しをしていた。

そこに関係があるのだと、九十九にもなんとなく察せられる。

なにがあったというのだろう。

「儂は教えられぬ。口止めされているからな。本人に聞くのがよかろうよ」

「口止め？」

九十九は眉を寄せる。

本人、とは……やはり、登季子だろう。シロに口止めをしているのも。

自分の知らないところで、なにかが隠されている。

あまり気分はよくなかった。

けれども、それを秘さなければならないのは、理由があるのだと思う。

♨　♨　♨

まったく。

どうして、このような宿屋に帰ってきたのだろう。

杏子は自分事ながら、他人事のように腹が立っていた。

「杏子さん？」

不意に声をかけられるが、杏子は無視を決め込んだ。

理由は、その声に覚えがあったからだ。これだから、古巣というものは面倒である。帰ってこなければよかった。

「杏子さん！」

強めの声で呼ばれるが、無視である。返事などしてやるものか。だいたい、自分はもう従業員ではないのだ。応じる義務も義理もない。

杏子は、プイッと視線をそらした。

「杏子さん……！」

「ああ、もう！　あえて無視しとるんやけどぉ⁉　この腑抜《ふぬ》け！」

あまりにしつこいので、つい返答してしまった。

ここの従業員は、どいつもこいつも、他人に絡みたがる……と、目の前に立った番頭を睨みつけてやった。名前もきちんと覚えている。坂上《さかがみ》八雲だ。

「腑抜けって……」

八雲は人のよさそうな顔に困った表情を作っていた。

それが余計に気に入らない。杏子は思わず、ムッと口を曲げる。いや、もともと、不機嫌であったが。

「アンタが腑抜けやけん、登季子がわけのわからん男に盗られたって言うとんやけど。そこまで説明せんと、わからんのかね？　ちっとは、自分をかえりみたら、どうなんよ。腑抜け！」

はっきりと告げてやると、八雲は慌てた素振りで周囲を見回した。

「別に誰も聞いとらんし。それくらい、わきまえて言っとるわい」

結界の主であるシロは別枠かもしれないが、その辺りは八雲も理解しているだろう。

「聞くな」とおねがいすれば別だが、それ以外の事柄は、たいていシロの掌握するところにある。それが湯築屋の性質だ。

杏子は「はあ」と息をつく。

「だいたい、ここに残っとんも呆れるんやけど」

今の若女将――九十九は、杏子に「どうして、湯築屋を離れているのか」問いかけた。

彼女は知らないのだ。

杏子が出ていった理由だけではない。

自分の母親がなにをしてしまったのか。

湯築の家で一番強い神気を持ちながら、シロとの結婚を拒み、巫女とならなかった人間など、前代未聞だ。湯築の歴史の中で、彼女一人だけが自分のわがままを通し、他の男と結婚したのである。

しかも、まったく湯築と関係のない人間。

神気もない。

神職関係者でもない。

平凡な一般人であった。

たとえシロが許したとしても——許せない者は大勢いた。

なにも知らない人間を湯築屋に迎え入れ、あまつさえ、婿《むこ》とするなど。

シロや常連の神々は寛容であった。神々にとって、巫女は重要だが、人間の情など些事にすぎない。だが、杏子をはじめとして、湯築屋をやめた従業員は多い。

今の湯築屋に働き手が少ないのは、ひとえに登季子の選択が原因だろう。

まだ残っている八雲や碧に、杏子はよい感情を抱けなかった。

碧は、登季子の姉だ。まだわかる。しかし、八雲が働いている理由は、杏子には理解できそうにない。

「腑抜け」

「何度も言わなくても、いいですよ」

人当たりのいい顔をしながら、八雲は眉間に指を当てていた。

「アンタの押しが足らんかったんもあると思うんよ」

「その話、引っ張りますか?」

「そうしたら、黙るけんね」

「…………」

八雲はなにも言えないのか、複雑そうな顔で頭を掻いていた。

「別にな。巫女が他に恋愛したらいかんなんて、シロ様は言わんと思うんよ。実際、子を望んで外に男を作ってた巫女も過去におったんやし。そうやって、折り合いをつけて、守ってきたもんを……」

自分で述べながら、ちょっとした矛盾も感じているのは事実だ。

湯築の掟はシロがすべてだ。

シロの裁量で、たいていの事柄は許された。シロ以外の男に想いを寄せ、他の男と子を成した巫女もいる。

そうやって割り切るのが普通だったのだ。

だからこそ、許せない。

わざわざ巫女を辞して、他の男と結ばれるという選択をした登季子が。

八雲が登季子に恋慕を抱いていたことなど、みんな知っていた。杏子だけではない。碧や、先代の巫女も。登季子本人だけは、気づかないままだったように見えたが。

せめて、八雲を選んでくれれば、こんな馬鹿な話にならなかったのに。

そもそも、そんな女のいる湯築屋に留まる八雲はよほどの阿呆か、馬鹿。完璧に腑抜けである。

「ドMなん？」

「何年前の話だと思っているんですか」

「でも、アンタまだ独身なんやろ？　今年でいくつになったんよ？」

「……最近は、結婚しない人間も多いんです」

「ふうん……まあ、その辺は、うちが掘り返すんも違うか……なんにせよ、どうしてあの女を許せるんか、うちには理解できんけどね。なんで、早いとこ見切りつけんのかねぇ？」

杏子には理解できない思考である。

いろんな人に迷惑をかけているのだ。それなのに……八雲の行為は登季子を甘やかしているように見える。

八雲は頭を抱えていたが、やがて、杏子の顔を見返す。

「そんなもの、女将が一番悩んでいるに決まっているではありませんか」

思っていたよりも強い声で言われて、杏子は閉口する。

なぜか、言葉が刺さった。

「誰かが許してあげないと、あの人は潰れますよ」

どうして、杏子がこのような気持ちにならなくてはならないのだろう。

逆に、問われているような気分になるのは、気色が悪い……。

「本当に人がいいだけで、なんの取り柄もない……やけん、腑抜けなんよ」

杏子はたまらず、言い捨てて踵を返す。とはいえ、足はないので、くるりと反転しただけだ。

「なんよ、腑抜け……」

杏子は廊下を進みながらつぶやく。八雲は追ってこないようだ。声をかけたときはしつこかったくせに、やはり腑抜けである。

庭を見ると、あいかわらず。

湯築屋の変動しつつ、不変な風景が広がっていた。美しいが、なにもない。虚無とも呼べる幻影の庭が見える。

降る雪も、凍った池も、咲いた梅も……すべてが幻。

ここは稲荷神白夜命の檻《おり》だ。

そう評するお客様もいる。

だからと言って、杏子のような従業員、いや、元従業員が考えるのは無粋だろう。考えたところで、意見する立場にもない。

湯築屋にあるものは、すべてシロが選択した結果なのだから。

杏子は、もともと、浮遊霊だ。

どこへも行くあてがなく、彷徨《さまよ》っていた根無し草である。この世に未練はあったはずだけれども、月日が経つと、どうでもいいと思うようになっていた。

恨みもないはずなのに、成仏もできない。

そんな杏子を拾ったのが、湯築屋だった。

先々代の女将に連れられて、初めてシロと会わせてもらった日を、今でも鮮明に覚えている。

そのときは、たいそう奇妙な宿だと思っていた。初めて見たシロも、とても美しくて、魅入られてしまった。

お客様の神様たちも、ただの霊である杏子にとっては異質で。しかし、不思議と受け入れられた。

あの日をよく、覚えている。

覚えているから――壊されたと感じた。

ここは、今、杏子が大事にしてきた湯築屋ではない。

もう違うのだと思うと、とんでもなく虚しかった。

「………………」

意識していなかったら、要らぬルートを通ってしまった。

厨房に辿り着いて、杏子はげんなりと息をつく。

夕餉からかなり時間が経っているので、いないだろうが……幸一という男を、杏子は死ぬほど嫌っていた。

彼を選んだ登季子にも問題はあると思うが、そもそも、この男が元凶だ。

突然、湯築屋に乗り込んで登季子を出せと要求し……そのまま結婚してしまった。そして、現在は湯築屋の厨房に転がり込んでいる。

まるで、侵略者ではないか。

図々しい盗人である。

「？」

その場を離れようとした杏子の目に、張り紙が見える。

杏子さん、おかえりなさい。

まかない、ありますよ。　　　　幸一

はあ？

まかない？

ふざけているのか。

大方、シロから杏子の訪問を聞いたのだろうが、元従業員にまかないなど。それも、杏子は幸一や登季子を嫌って出ていった従業員だ。

杏子は訝しく思いながら、厨房をのぞきこむ。

耐熱の深皿に、ラップがかけてある。

指先でラップをめくると、鶏肉の煮込み料理のようだった。ほのかに、柑橘の香りがする。洋食店で働いていたという幸一が出しそうなまかないだ。

「食べるわけ、ないやん……」

深皿を持ちあげた。

幽霊だが、思念を込めれば物も持てる。もちろん、食べることだって可能だ。くだらない。

ああ、嫌だ。嫌だ。

なんで、こんなもん作っとんやろう。

杏子は、厨房のゴミ箱を見つめた。

4

元従業員の高浜杏子が湯築屋に帰ってきている。

そう聞いて、一番動揺したのは、おそらく自分だろう。

「はあ……」

大きすぎるため息をついて、登季子は額を手で覆った。

もう深夜だ。

お客様たちが浴場を利用しない時間である。ガランとした女湯で、登季子はポツンと湯船につかっていた。

雪の幻影を見ながらの入浴は、なかなか風情がある。しかし、寒さをまったく感じないせいか、長湯する気にはなれない。湯築屋の湯は道後温泉本館と同じく、温度を高めに設定してある。油断すると、逆上《のぼ》せてしまうだろう。

「まったく……」

自分で選んだというのに、往生際が悪い。自業自得だ。

杏子は登季子を責めにきたのだろうか？

だが、最初に頭に浮かんだ懸念は、別のことだった。

つーちゃんに、話されたらどうしよう。

屈託なく笑う自分の娘が、一番怖い。

そう考えてしまった時点で、登季子は駄目なのだと思う。破綻している。どうしようもないのだと、悟ってしまった。

九十九は、登季子の話を聞いて、どう思うだろうか。

怖い。

登季子のせいで、湯築屋を離れた従業員はたくさんいる。杏子だけではない。疎遠になった親類もいる。碧や八雲が寛容なだけだ。

シロは許してくれた。

先代の女将も許した。

湯築屋に残った従業員もいる。

それでも——。

「お母さん」

気配に気がついていなかった。

もわりとした湯気の向こうから、ひたひたと足音が聞こえてくる。

その音に、登季子は身を縮ませた。

「ごめん。驚かせちゃった？」

バスタオルで身体を隠した九十九に問われて、登季子は思わず首を横にふった。自分はそんなに驚いた顔をしていたのだろうか。

すぐに、笑顔で「そんなことあるわけないよ！」と返した。

「入っていい？」

「いいよ」

その場の空気で同席を許してしまったが、なんとなく、会話がぎこちない気がする。長湯する気はないので、そのまま風呂からあがればよかった。

九十九は……杏子と話したのだろうか。

だとすれば、どこまで知っているのだろう。

そのような不安ばかりが、頭を過る。これは、あまりよくない思考だと、登季子も理解していた。

「あのね」

九十九の口調は歯切れが悪い。

不安を煽られて、登季子の表情も硬くなる。

「どうして、杏子さんは湯築屋を離れているの？」

「……杏子から聞いていないのかい？」

「うん……お母さんに、聞きなさいって……」

九十九は、まだ知らないようだ。

安心する一方で、これは「きつい」とも感じた。

登季子は、自分のいないところで娘に知らされていないかを心配した。けれども、登季子が自ら説明しなければならないことも、同等に……いや、それ以上の仕打ちに感じられた。

しかしながら、これは登季子が今まで避けてきたことだ。

説明せずに、逃げ続けた。

九十九を、ずっと騙している。

騙したまま、自分は好きに生きているのだ。役目を押しつけて。

「えっと、お母さん。前に、八雲さんから言われたことがあるんだけど……」

沈黙している登季子を見て、九十九はどう思ったのだろう。黙っているのに耐えられなくなったのだろうか。

接客をしているときの九十九からは、想像できないくらい、たどたどしい口調で言葉が紡がれていく。

「わたし、楽しい」

登季子は、思わず九十九を確認する。

ずっと視線をそらしていた登季子と違って、九十九の目はまっすぐで、真剣そのものであった。

こんな目で見つめないでほしい。

登季子を見ないでほしい。

逃げ出したかった。

「若女将の仕事も、シロ様の巫女も……わたしの神気が強いから選ばれただけかもしれないけど。でも、誰かにさせられたとか、全然思ってないよ。わたしは、自分がやりたくて、やってるの」

あ……。

九十九の言葉を聞きながら、登季子はなにも考えることができなかった。ただただ、娘の声を聞いているだけだ。

空っぽの頭に、声だけが届いてくる。

「ごめん、いきなり。なんか……前に、八雲さんがお母さんにも伝えてほしいって、言ってたから。つい、思い出しちゃって。あんまり関係ないのに、ごめんなさい。でも、お母さんとゆっくり話すのって久しぶりだし——お、お母さん⁉　大丈夫⁉」

急に九十九が慌てた様子で登季子をのぞきこむ。

どうしてだろう。と、考えるまでもなく、答えは明白だった。

登季子は、とっさに頬に流れた涙を隠すため、湯で顔を洗う。いきなり、登季子がバシャバシャと自分の顔に湯をかけはじめたので、九十九は困惑しているようだ。

「お母さん？」

「ごめん、つーちゃん」

九十九の手が登季子の肩に触れていた。

肌と肌が触れると、不思議なものだ。

九十九から「大丈夫だよ」と伝わってきている気がした。

言葉はないのに。

「ありがとう……ありがとう……つーちゃん」

「お母さん、本当に大丈夫⁉」

登季子がそればかり言うものだから、九十九がすっかり慌てていた。それでも、必死で登季子の話を聞こうとしてくれる。

こんな年齢にもなって、娘に慰められながら泣く親なんて。

あーあ、母親失格だねぇ。

……いや、いいやそんなもん、最初から立派な親なんかじゃあなかったし。

「お母さん」

「つーちゃん、ごめん」

登季子は思わず、九十九を捕まえるように抱きしめた。

九十九は一瞬、逃れようとする素振りを見せたが、すぐに大人しくなる。

「ずっと、黙ってたんだ」

登季子はゆっくりと話した。

当初は登季子が巫女となるはずだったこと。先代の意向で、猶予が与えられていたこと。

やがて、幸一と出会い……シロとは結婚しなかったこと。

そのため、九十九には生まれたときから巫女である必要を強いてしまった。

登季子は選んだ。

しかし、九十九には、自分と同じ選択肢を用意してやれなかった。

ずっと、怖かったのだ。

九十九に無理を強いている気がしていた。

娘がもしも……嫌がっているかもしれないと考えると。他の道を選択したいと思っていたら、どうしよう。動物アレルギーなどと、見え透いた嘘で誤魔化して、話すことを避けていた。

九十九は強くて優しい子だ。登季子が打ち明けたところで、「大丈夫」と言って笑うはずだ。本心では違う思いを抱えていても、登季子にはそうやって伝えるだろう。そんな気遣いをさせてしまう……そう思うと、言えなかった。

けれども、違う。

九十九は登季子が考えているよりも……もっと、強い娘だった。

そんな娘の強さに気づけなかった登季子は母親として失格だ――いや、信じていなかったのだ。

九十九を、登季子が信じていなかった。

「お母さん、ありがとう」

九十九は登季子の背に手を回した。

「なんで」

お礼を言われる理由なんて、ない。

それどころか、九十九には登季子を罵《ののし》る権利すらある。

なのに、九十九はいつもと同じで、明るい笑顔だった。

「わたし、ここが好きだから」

この笑顔が好きだ。

春の陽射しみたいに温かく、花弁のように可愛らしい。

登季子が好きになった幸一とよく似ている。心の中に、スッと入りこんでくる優しさがあった。

この笑顔に救われる者が、どれだけいるだろう。

登季子は、確実にその一人だ。

「お母さんが、そんなの気にしてたなんて全然知らなかった……ごめんね、お母さん」

わたしは、大丈夫。

そう伝わってきた。

「わたしは好きなことをして生きているから……お母さんも、そうして？」

今まで、登季子を許してくれた者は多い。

でも……一番許されたかった相手を、ずっと避けてきた。

許されたかったのに。

長い間、登季子は九十九から逃げていた。

しかし、蓋を開けると、どうして逃げていたのかわからない。

自分が背負っていたものは、なんでもなかったのだと思えてくる。

娘に甘える親など、失格だ。

けれども……甘えたっていい。

そんな親がいたって、いいじゃないか。

♨　♨　♨

本当は、少しびっくりした。

突然、泣き出してしまった母親を前に、九十九はうろたえていたと思う。

それでも、笑顔でいられたのは……登季子から教えてもらえたのが嬉しかったからだ。

「ちょっと逆上せちゃったかも……」

お風呂あがり、九十九は背伸びをしながら廊下を歩く。頭がポヤポヤするのは、きっと、長風呂だったからだ。

「牛乳、牛乳……」

湯上がりの牛乳は格別だ。

九十九はウキウキとした足どりで、牛乳をとりにいく。やはり、普通の牛乳もいいが、フルーツ牛乳の甘さも捨てがたい。それから、忘れてはいけないのが、

「はい」

ひょいっ。なにもないところから、牛乳ビンが渡された。

本当に、宙にコーヒー牛乳が浮いている。一瞬、ゾッとしたが、九十九はすぐに状況を呑み込んだ。

「杏子さん、ありがとうございます」

最初は怖かったけれど、慣れてしまえば、どうということはない。九十九は見たことがない「幽霊」という存在が怖かっただけだ。

しかし、今はそうではない。高浜杏子は湯築屋の一員だと知っている。

九十九は笑顔のまま、コーヒー牛乳を受けとった。

「別に」

靄のような白い物体が集まり、人の形になる。

杏子は口を曲げながら、九十九から顔をそらす。九十九は構わず、コーヒー牛乳の蓋を開けた。

口のほうを少し舐めると、甘い。

遅れてくるコーヒーの香りがたまらなくて、くせになりそうだ。普通の牛乳とも、コーヒーとも違う。

「うちのお母さん、お風呂あがりは、だいたいコーヒー牛乳なんですよ」

「へ、へえー……？　ほうなん？　知らんかったわ」

「知ってたんですよね」

「知らんかったって言うとるやん」

九十九も、登季子の影響でコーヒー牛乳を飲む。全然苦くないので、子供のときから無理なく飲めたのだ。登季子と同じようにコーヒー牛乳を飲むと、母娘で一緒にいる気持ちになれた。

「杏子さん、湯築屋に戻ってきませんか？」

「はあ⁉　嫌やわ！」

杏子は目くじらを立てて拒否した。しかし、九十九にはそれが完全なる拒絶であるとは思えない。

「じゃあ、どうして、帰ってきたんですか？」

「そ、それは……」

杏子の視線が泳ぎ、返答の歯切れが悪くなる。

「お母さんから、聞きました」

「……そう」

「杏子さん、湯築屋を心配してくれてたんですよね？」

杏子は返事をせず、黙っていた。

黙っているということは、こちらが話してもいいという意味だ。そう解釈して、九十九は続ける。

「わたしは、大丈夫です」

先ほど、登季子にも同じ言葉を告げた。

杏子は口を曲げたままだったが、表情が少し揺れた気がする。九十九は自分の思いを語ろうと、口を開く。

「心配なんか、しとらんよ。ただ……うちが気持ち悪かったけん」

「気持ち悪かった？」

「投げっぱなしが、気持ち悪かったんよ」

杏子は投げやりだが、しっかりと答えてくれた。

「うち、浮遊霊やったんを、シロ様に拾われてここにつとめてたんよ。やけん、あの女が許せんくって……ただ、湯築屋には恩がある。どうなっとるんか、確認せんといかんやろ？」

「杏子さん、責任感強いんですね」

「うるさいわ。まだ高校生のくせに、大人ぶらんといて」

「杏子さんだって、高校生じゃないですか」

「制服着とるけど、これでも幽霊歴は長いんよ！　アンタと一緒にせんといてよ」

杏子はグギギと歯ぎしりしながらも、腕を組んで九十九を睨む。

「アンタが元気そうで、まあ……ちょっと安心したわい」

「わたしが？」

「巫女なんて押しつけられて、嫌がっとるんやないかって……」

そんなことはないですよ。そう言おうと思ったが、杏子は充分、理解していると言いたげだった。

登季子の話は驚いたけれど、不思議と、嫌ではなかった。

たしかに、九十九が生まれたときから巫女だったのは、登季子のせいなのかもしれない。しかし、九十九は自分の境遇に不満を持っていない。

若女将も、巫女も楽しいのだ。やらされたなんて、思っていなかった。たぶん、自分に選択肢があったとしても、九十九は今と同じ道を選んでいたと思う。いいや、きっと、そうしたに違いない。

おかげで、様々なお客様に出会える。

「わたし、お客様たちが好きなんです。神様って、素敵じゃないですか？」

それは本心だ。

湯築屋に訪れる神様たちが、九十九は好きだった。

彼らのために、おもてなしがしたい。少しでも、癒やされて帰ってほしい。そうねがっている。

たくさんの神様に出会えて、九十九は嬉しい。

だから、感謝していた。

「あ、そう」

杏子は短く言い捨て、九十九に背を向けた。

「それだけが、心残りやったんよ」

杏子は、責任感が強いのだ。

接客を見ていればわかる。何事にも、手を抜かない性質《たち》なのだと思う。

だから、九十九が気になっていたのだ。

彼女は責任を放棄して別の男性と結婚した登季子を見捨てた。一方で、子供の九十九については、ずっと気になっていたのかもしれない。

九十九の様子を見にきたのだろう。

素直ではないが、九十九や湯築屋を案じてくれたのだ。

それは、彼女が湯築屋に拾われたからだが……それだけではないと思う。優しい人、いや、幽霊なのだ。

「杏子さん、しつこいようですけど……」

「うちは帰らんよ」

先読みされたように、遮られてしまった。

杏子が湯築屋に帰ってきたら、にぎやかになるだろう。お客様の対応だけではない。彼女自身にも、九十九は興味があった。

「幽霊、幽霊って、失神されても嫌やけんね」

「それは……ごめんなさい。もう慣れました」

「嘘よ。冗談もわからんの？　うち、今は日本一周の旅しよんよ。長年、コキ使われてきたけんね。悠々自適な隠居生活しよるし。幽霊やけど、まあ、それなりに」

杏子の身体が背を向けたまま霞んでいく。

また白い靄のように消えていってしまう。九十九は引きとめようと手を伸ばすが、幽霊の杏子には、触ることができなかった。

ひんやりと雪みたいな感触だけが、掌に残る。

また会えるかな？

♨　♨　♨

なんよ。

心配して、損したやんけ。

杏子は縁側に座ったまま息をつく。

雲のない藍色の空から降る雪は、冷たくない。掌に受けると、塵《ちり》のように溶けて消えてしまった。

「ここは、あんま変わらんね」

誰にも向けていない言葉だ。

宙に投げかけた声は心中の吐露だったと思う。聞いている相手がいるとすれば、それは偶然だ。

別に、話しかけたわけではない。

「ありがとうございます」

だから、自分に対して向けられた言葉にも、反応する必要は一切ない。

縁側の隣へ歩み寄る人物を、杏子は無視し続けた。それでも、かまわず歩いてくる辺り……この男は、自覚があるのだろうか。他人を苛《いら》つかせる天才か。心底、むかつく男である。

本当に、おこがましいし、鬱陶しい。

「トキちゃんには、会っていかないいんですか?」

「会わんわ！　つーか、アンタも話しかけんとって！」

無視しようと思っていたのに、つい反論してしまった。本当に湯築屋の男どもは、空気を読む気がない。

隣に座ろうとする幸一と目をあわせないまま、杏子は頬をふくらませる。

「つーちゃんのこと、心配かけてすみません」

「やけん、心配なんてしとらんわい！」

湯築屋を離れてから、心残りだった。

登季子のした行為を許す人間は少ない。彼女が咎《とが》を受けるのは、なんとも思わなかった。

しかし、その娘が不憫《ふびん》で仕方がなかったのである。

彼女——九十九という女の子は、どうやって過ごしているだろう。どのように母親を見ているのか、ずっと気になっていたのだ。

杏子は長年、成仏できなかった浮遊霊である。

生前、誰の役にも立てずに死んだ。

良家の娘として育ち、生まれながらに婚約者が決まっていた。現代はそのような慣習は薄くなったが、杏子が生きていた時代では当たり前のことである。

それが嫌で……親に反抗しようと川に身を投げて、そのまま溺れて死んだのだ。

本気で死んでやる気もなかったが、死んでも別にいいと感じていた。幽霊になって、自分の遺体を見たときも、大した感情がわかなかった。

ただ、「これで、少しは親に迷惑をかけられたかな」と思った程度だ。

けれども、両親は杏子の代わりに、妹を許嫁《いいなずけ》に嫁がせた。杏子の死は、彼らになにも与えなかったようだ。なんの意味もなかった。


——せめて、誰かの役に立って死ねばよかったわい。


迷惑をかけるのではなく、役立って死んだほうがよかったかもしれない。

そう、感じてしまったが最後。杏子は、どうやっても成仏できなくなっていた。

執着する土地もなかった杏子は、浮遊霊になっていたのだ。

「シロ様には、ごあいさつしましたか？」

「当たり前やろ！　済ませとるわい！」

ついつい、目くじらを立ててしまうのは、幸一が気に入らないからだ。

杏子にだって、どうして、登季子が彼に惹かれたのか理解できないわけでもない。こうやって返答するのも、たぶん、幸一が「そういう人間」だからだ。

不服である。

まったくもって、不服だった。

「……確認したかっただけやし」

杏子は未練を残してしまった。

ゆえに、成仏できずに、彷徨っていたのだ。

けれども、そんな杏子にシロは湯築屋という居場所を与えてくれた。そこで働き、様々なお客様と接してきた。

誰かの役に立って死ねばよかったという杏子の未練は、いつしか晴らされていた。

そんな杏子が成仏を躊躇《ためら》った理由が、自分が出ていったあとの湯築屋と、九十九の存在だ。

最期に一度だけ……確認しておきたかった。

少しのぞいて帰るつもりだったが、そう上手くはいかないものである。

登季子が娘に顛末《てんまつ》を話していなかったのは、呆れたというか、どうしようもないと思ったが。

しかし、自分がその機会になれたようなので、悪い気はしなかった。

「なあ、アンタ」

けれども、九十九は……まだ知らないことがあるのではないか。

彼女から感じる神気は、確かに強い。だが、どうしても、巫女の修行をしているとは思えなかった。

「娘、あのままにしとく気？　巫女としての知識と技術がほとんどないやん。あれ、危ないと思うんやけど？」

これは完全なお節介だ。

「……巫女について、僕は詳しくわからなくて」

「そうやったね」

幸一に聞いても、意味のない事情である。

そういえば、最初に九十九と会ったときも、シロの使い魔と一緒だった。ずっとシロが庇護しているのだろう。

「トキちゃんも、学生のころは修行をある程度免除されていたって聞きましたけど」

「あの子も、同じようにしてもらえてるのは、わかっとるよ。ただ――まあ、ええわ。アンタに言うても意味ないね」

登季子と九十九は扱いが違う。

九十九には、最低限の修行すらさせていないと感じた。

あれだけ強い神気を持っているのに、制御すらできない状態だ。暴走することはないと思うが……あんな甘い神気を周囲に振り撒く九十九は、そうとう危ない状態である。

シロも、それがわかっているはずなのに、なぜ、放置しているのだろう。

「まあ……これはシロ様の問題かねぇ」

自分が介入できる話ではない。

杏子は息をついて、縁側から立ちあがった。

「改めて、ありがとうございました。杏子さん」

まったく目をあわせないようにしているのに、幸一は杏子に深く頭をさげた。

この男が一番嫌いだ。

「……美味しかった」

杏子のつぶやきに、幸一は春風のように笑うだけだ。

結局、幸一が用意していたまかないを、杏子は捨てられなかった。

食材がもったいなかったのもある。

けれども……湯築屋を出る前に、彼の料理を一度も食べていなかったのを思い出したのだ。それだけである。

「湯築屋の厨房をまかされとるんやけんね……」

幸一の料理は、湯築屋にふさわしい。

優しくて、思いやりがあり、どこか癒やされる。

八百万の神々が訪れ、安らぎを求める湯築屋には必要な味であった。悔しいが、認めざるを得ない。

「がんばります」

幸一はそう言って、杏子の前に手を差し出した。

握手を求められているとわかったが、杏子は突っぱねるように鼻で笑ってやる。

「最期まで、登季子につきあって、あの世まで来たらしてあげらい」

5

天気予報によると、湯築屋の外は晴れだ。

九十九が玄関へ向かうと、ちょうど登季子がブーツの紐をしめているところだった。小さめのキャリーケースを脇に置いて、支度をしている。

「お母さん、もう行っちゃうの？」

登季子が湯築屋に滞在する時間は、毎回短い。

だいたい、数日経ったら、すぐに出国してしまうのだった。

今回は、クリスマスやお正月も近い。ゆっくりしていけばいいのに、と九十九は少しばかり残念に思う。今夜はツリーに飾りつけもする予定なのだ。

「もうアポとっちゃったからねぇ！　今度は、ちょいと南米まで行ってくるよ。ケツァルコアトル様から、また飲みたいってメールがあったのさ。今度はお呼ばれだね。ああ、もちろん、うちへの営業もするよ！」

登季子は楽しそうに笑いながら、ライダースジャケットを羽織った。真っ黒なレザーに、鮮やかな赤いブラウスが映え、とてもかっこいい。いつもながら、若々しいと感じた。

「休まないと、身体壊すよ？」

「それを言われると、耳が痛いんだけどさ」

登季子は屈託なく、紅の引かれた唇に弧を描く。

「あたしには、この仕事が一番楽しいから！」

思わず、九十九も笑った。

登季子が、湯築屋に長くいないのは寂しい。そう思う時期もあった。

けれども、営業している登季子は一番、楽しそうなのだ。そして、とても綺麗である。娘として、誇らしくもあった。

こんな風になりたい。そう思える女性だ。

だから、これが一番いい。

それに、登季子は必ず帰ってきてくれる。

どんなに遠くの地へ行っても、湯築屋へ戻ってきた。そのまま、いなくなってしまうことなどない。絶対に帰ってきてくれる。

離れていても、ここは登季子の居場所だ。

そう感じるから、九十九も湯築屋を守っていきたい。

「お母さんが、どんなお客様を連れてきてくれるのか、いつも楽しみにしてるよ」

「それはプレッシャーだね。がんばんなきゃ！」

登季子はキャリーケースを片手に、九十九に向きなおった。

「じゃあ、いってくるね。つーちゃん」

「いってらっしゃい、お母さん」

しかし、登季子が玄関の戸を開けようとした瞬間、廊下のほうからダッダッダッダッと足音が聞こえてきた。

「トキちゃん！　待って待って！」

幸一だった。

慌てた様子で、ピンク色の袋を掲げて走ってくる。旅館の廊下を走るなど、従業員のすることではないが、今は注意する場面でもない。

「お弁当！　忘れてるよ！」

よく見ると、きちんとジッパーのついた機能的な保温バッグであった。

玄関に辿り着いた幸一は、よほど慌てていたのか、「はあはあ」と息を整える。それがおかしくて、登季子が声をあげて笑っていた。

「トキちゃん、お弁当あるよって言ったよね？　厨房に置きっぱなしで、焦ったよ」

「ごめんごめん。忘れてた！」

「もう……トキちゃん」

登季子は大雑把《おおざっぱ》な気質である。よく営業内容のメールを送り忘れて、急にお客様を連れ帰っていた。

いつものことだ。

「でも、ちょっと思い出しちゃった」

登季子は幸一からお弁当を受けとりながら、嬉しそうに目を細めた。

九十九には、その意味がわからない。幸一のほうも、ポカンとしていた。

「コウちゃんが、宿の前まで、あたしを強奪しに来た日のことだよ」

お風呂で聞いた話だ。と、九十九は合点がいった。

一方、幸一はアワアワと口を開閉させる。

「え、ちょ……トキちゃん、言い方。強奪なんて！　そ、そんなつもりなんて、なかったよ⁉」

「似たようなもんさ」

登季子はからかっているだけだと思う。だが、幸一は真剣に慌てている。

そんな幸一の頬に、登季子がそっと唇を寄せた。

九十九は思わず、見てもいいものかと、顔を両手で覆う。両親は仲がいいけれど、こういう場面に出会うのはなかなかレアだ。

幸一も恥ずかしいようで、顔を真っ赤にして固まっていた。

「じゃあね。コウちゃん、つーちゃん。いってきます」

幸一にキスをしたのと同じように、登季子は九十九の額にも唇をつけた。

柔らかいものが、少しだけ触れて離れていく。

小さいころは、よくしてもらっていた。

いってきますのキスって、こんな感じだったっけ。九十九は懐かしくて、思わず顔が緩んだ。

「いってらっしゃい」

また帰ってきてね。

待ってるから。


やや時期外れの梅の花。

そこに降る雪は美しく、風情があった。

たとえ幻でも、見えている景色を美しいと感じてもいいはずだ。九十九は履き物に足を滑らせ、庭におりた。

雪はまったく冷たくない。

少量をすくいあげて、きゅっきゅっと丸めた。温度のない雪は、すぐに雪玉の形になっていく。

「九十九、なにをしておる？　雪合戦か？　雪合戦をするのか？」

縁側をふり返ると、シロが立っていた。尻尾を左右に揺らし、大変上機嫌である。雪合戦がしたいという主張だ。

九十九は、はあっと息をつく。

「違います。雪だるまを作るんですよ」

「雪だるまか。儂は、大きいのがよいぞ」

「だから、遊びじゃないです。玄関に飾ろうと思って」

もうすぐクリスマスである。玄関では、八雲とコマがクリスマスツリーに電飾を施してくれているところだ。

クリスマスツリーには、みかんの皮で作ったオーナメントを使用する。愛媛みかんツリーだ。

正真正銘、みかんの皮を乾燥させて加工して作る。そのために、たくさんみかんの皮を集めていた。今年も、クリスマスまでに量が揃ってよかった……毎年、この時期の従業員のおやつは、みかんと決まっている。

内側から電球で照らすと、オレンジの柔らかい光になって、とても温かい。九十九は、いつもクリスマスが楽しみだった。

湯築屋に積もった雪は、幻影を消さない限り溶けない。クリスマスツリーと一緒に雪だるまを飾れば、可愛いと思ったのである。

九十九は小さな雪玉を二つ重ねた。顔は厨房で幸一に食材を借りて作ろう。頭には、みかんをのせたい。

縁側まで歩いて帰ると、シロがあいかわらず、尻尾を左右にふっている。

「どうしたんですか？」

なにか、よからぬことを考えていそうだ。

九十九は雪だるまを両手で持ったまま、シロをジトリと睨む。

「儂も九十九に接吻《キス》したい！」

「そういうアレだと思いましたよ！　駄目です！」

いつもの過剰スキンシップの一環だった。もう慣れすぎて、九十九は流れるように拒絶する。

シロは唇を尖らせて、不満そうだ。擬音にすると、「ぶーぶー」である。

「登季子がうらやましい」

「お母さんとシロ様は違うんです」

「儂と九十九は夫婦《めおと》なのに……」

「そ、それは……」

そう言われると、九十九に拒む理由などなかった。夫婦なのだから、別にキスくらい……しかし、シロを見ているだけで、九十九は自分の顔が赤くなっていくのを感じた。

「だ、駄目です。わたし、高校生ですから」

「大学生になれば、よいのか？」

「それとこれとは、別で……」

「ここで、よいのだぞ？」

シロは自分の額を指さしながら、往生際悪く主張した。登季子にキスされたのと同じ場所だ。

「いや、それも……ちょっと……」

シロが九十九の額にキスするのを、思わず想像してしまった。考えるだけで……恥ずかしい。

シロの唇が動くだけで、どきどきする。

「では、九十九が儂にするがよい」

「それも、ちょっと!?」

シロのスキンシップが過剰なのは、今にはじまった話ではない。ことあるごとに壁ドンしたり、抱きあげたり、ベタベタとしていた。

幽霊には、すぐに慣れたのに……こういうのは、まったく慣れない。

「きょ、杏子さんって、今、どこを旅してるんでしょうね！」

全然関係のない話題をふってみる。

「む？　旅？……嗚呼、旅か。杏子のことだ。よいところへ行っただろうさ」

「近いし、九州《きゅうしゅう》ですかね！」

「まあ、暖かいところには、間違いないだろうよ」

「じゃあ、沖縄《おきなわ》ですかね」

「そのくらい遠いかもしれぬな」

いい感じで、話題がそれているのではないか。

九十九はホッとしながら、このまま場を離れようとする。

「九十九」

しかし、シロは壁に手をつき、九十九の退路を断った。

「う……」

こういう状態のときは、シロは逃がしてくれない。九十九は本能的に察して、俯《うつむ》いた。

「す、すみません……」

「なにを謝っておる？」

「いや……その……シロ様のご要望にお応えするのは……むずかしいかなって……」

「ふうん？」

シロの顔がどんどん近づいてくる。

九十九は目を閉じるけれど、まつげに息がかかり、存在を感じざるを得ない。

「シロ様……こ、こういうのは」

両手でシロの胸の辺りを押したが、効果はなさそうだった。

「こういうのは……今、したくないです」

なんか、怖い。

九十九はシロが好きだ。

とても、大好きだ。

誰よりも大切なのだ。

気づいてしまうと、余計にシロが受け入れられなかった。

九十九は湯築の巫女で、代々娶られてきた妻の一人だ。シロにとっての特別ではない。

それが嫌だと感じる自分を、シロには知られたくなかった。

それに――。

「わかった」

声と同時に、シロの身体が離れていく。

「九十九がしたくなったらで、構わぬ」

「シロ様……？」

目を開けると、シロの困った顔が見える。

困った顔であっているのかわからないが……困惑しているように感じた。

どうすればいいのか、シロにもわかっていない。けれども、答えを出した。そんな風に思える。

「九十九にそのような顔をされると、儂は嫌だ」

子供みたいに、頭をなでられた。

「儂は、九十九を知りたい。九十九が嫌がることは、せぬ」

声が出なかった。

なにかを言いたい気がする。

今、シロになにかを伝えたい。

伝えたいのに、言えなかった。

「儂も、待とう。だから、泣いてくれるな」

「え」

わたし、泣いてたんだ……。

全然、気づいていなかった。

頬に触れると、指先に涙がつく。

拭っても拭っても、止まらなくて。

「シロ様……すみません……」
やっとのことで、声を吐き出した。
シロを困らせている。謝らなければ。
だけど、言いたいのは、これではない気がする。
シロに、今、伝えないと。
今、伝えたいのに。
九十九には、それがなにかわからなかった。
「すみません……すみません……」
ただただ、謝り続けるしかできない。
涙は全然途切れなくて。
シロは、そんな九十九に触れず、見ているだけだった。
困ったままの顔で、ずっと、九十九を見ていた。

競．大晦日の頂上決戦

1

日本の年末は忙しい。

クリスマスツリーを片づけたかと思うと、すかさず、お正月飾りの準備をする。商店では、クリスマスソングが止み、ベートーヴェンの交響曲第九番が流れはじめていた。

すっかり、世間は年末だ。

年が明ければ、新春である。

去年の今ごろは、なにをしていたっけ。

九十九は考えてみるが、案外、思い出せない。けれども、どうにも昨日のことのような気がしてくる。

月日の流れは早いような、遅いような。不思議である。湯築屋のお客様たちは、神様なので、もっと別の感覚で生きているかもしれない。

「ゆづ、はい。買ってきたけんね」

京が九十九の前に、包み紙を寄越した。

「ありがとう……っツ」

九十九が包み紙を受けとると、思っていたよりも熱かった。危うく、商品を落としそうだったが、なんとか袋の端をつまんで耐える。

京に買ってきてほしいと頼んだのは、ひぎり焼きだ。

大判焼きや今川焼きと似た形だが、生地がしっかりとしていて、食べ応えがある。表面に入った「日切焼」の焼き印が特徴的だ。

もちろん、作りたてはアツアツで美味しいのだが……いくらなんでも、これは熱すぎる。想定していなかった熱さに、九十九はびっくりしてしまった。

「ふふん」

京がしたり顔で、包み紙を開く。

入っていたのは、ひぎり焼き……なのだが、ひと味違う。

「なるほど」

九十九も納得して、自分のひぎり焼きを見た。

いつものひぎり焼きに、若干の変化が認められる。茶色い表面をコーティングしているのは、天ぷらの衣であった。

どう見ても、揚げている。

「揚げひぎり焼きにしたんよね」

京が自分の揚げひぎり焼きを食べていた。

一口ごとにハフハフと半開きになった口から湯気が漏れている。冬なので、吐く息の白さも相まって、大変、熱そうだ。

九十九も、自分の揚げひぎり焼きを食べる。

表面はカリッとしている。弾力のある生地に歯を立てると、粘り気が強く、とろとろのカスタードクリームが漏れ出た。熱くて、口内の皮が剥がれそうだ。

この甘さがたまらない。

温かいカスタードクリームは、甘みが引き立つ。そこに、生地のモチモチ感と、衣のサクッ、カリッとした食感があわさって、なんとも絶妙だった。揚げると、生地のもっちり加減がよりいっそう強くなる。

九十九は普通のひぎり焼きも好きだが、これはこれで好きだ。もちろん、あんこもいいと思う。

あっという間に、揚げひぎり焼きを食べてしまった。隣では、京も満足そうな顔をしている。寒空の下で、心も身体も温まった。

最近は、揚げタルトや、揚げ坊っちゃん団子など、甘味を揚げた商品をよく見る。一風変わった楽しみ方ができるので、九十九も大好きだった。

冬休みなので、久しぶりに京と二人で銀天街《ぎんてんがい》まで来ている。

休日に二人というのも、なかなかに珍しい。最近は、小夜子や将崇もいることが多かった。

九十九が京に誘われているのを知って、小夜子が仕事の大部分を引き受けてくれたのだ。「たまには、二人でゆっくり遊んできてね！」と言って送り出してくれた小夜子を思い出す。小夜子には、気を遣わせてばかりだ。

京と喧嘩したダンスの授業は、もう一年前だったかなぁ……いや、あれは年が明けていた気がする。その辺りの記憶も、すぐに思い出せないのは、やはり月日の流れのせいだろうか。

あのときも、小夜子に迷惑をかけてしまった。けれども、結果的に、九十九はこうして京との時間も大切にしようと思えたのだ。

九十九は本当に、いろんな人に支えられて生きている。

「なあ、ゆづ」

「なに？」

何気なくふり返ると、京がポカンとした表情をしていた。両目をカッと見開いて、口を開けたまま静止している。

「うち、UFO《ユーフォー》見てしもたかもしれん」

「へ？　ゆーふぉー？」

「うん、ＵＦＯ」

意味が、わからなかった。

九十九は京が見ている方向に、ジッと目を凝らす。空は、雲一つなく、清々しい。秋と比べると高くはない。冬の空だ。

そのうち、京が「ほら、あれ」と指さした。

「あれって……」

空を、スーッと移動する影があった。ちょうど、いよてつ髙島屋《たかしまや》の上空である。

飛行機やヘリコプターではない。もちろん、ＵＦＯでもないと、九十九にはわかった。

「み、京。なにも見えないよ？　気のせいじゃない？」

「え？　そんなはず……ほら、また！　あれ。なんか、人が乗ってるように見えるんやけど……？　なにあれ？　プロペラみたいに回ってる？」

「そんなわけないでしょ？」

「えー……でも？」

九十九は必死で、未確認飛行物体から京の視線をそらそうと試みた。そして、その辺りに隠れているはずの猫を探す。

「みゃあ」

心得た、というタイミングでシロの使い魔が現れた。いつも、どこからか九十九を見守っている。この日も、確実にいると思っていた。

白い猫の姿をした使い魔は、ぴょーんとありえない跳躍力で、九十九と京の頭の上を飛び越える。

すると、もう一度空を見ようとする京の動きが止まった。

「あれ？　うち、なに見ようとしよったんやっけ？」

ちょっとした記憶が飛んでいた。

九十九は、いつも通りの何気ない笑顔を作る。

「さあ？　なにしてたっけ……あ、そうだ。京。ごめん、わたしちょっと用事思い出しちゃって……」

「え？　ああ、うん。ええよ……なんか、うちも疲れた気がするし」

「ほんと？　ごめんね」

適当すぎる理由で九十九は京とその場で別れる。京は消えた記憶のせいで頭がもやもやしているのか、あまり九十九のことを気にしていないようだった。

九十九はシロの使い魔と一緒に、急いで、いよてつ髙島屋へ向かう。そして、エレベーターを使って、屋上を目指した。

京が目撃したのは、ＵＦＯではない。

あれは——神様だった。

九十九にも見覚えがある。

屋上には、いくつかの子供向け遊具があった。その一つひとつに、九十九は視線を移していく。

「あそこだ」

シロの使い魔が九十九の前を走る。

遊具の一つに乗り込む影が見えた。子供ではない……が、身体は大きくない。立派な顎髭をたくわえた、丸い体型の老人が九十九たちに気がついた。

遊具の脇には、大きな葉っぱが落ちている。

「大年神《おおとしのかみ》様！」

大年神は須佐之男命の子であり、宇迦之御魂神の兄とされる国津神だ。

お正月の神様として名高い。正月には、家々を巡る「来訪神」となるのだ。年末年始は忙しいため、この時期に松山へ来るのは珍しい。

大年神は譲《ゆず》り葉《は》に乗ってやってくると言われている。先ほど、京が見たのは、譲り葉に乗って空中飛行する大年神だったのだ。

どうして、こんな時期に、こんなところにいるのだろう。

九十九には、理由がわからなかった。

「おほお……これはこれは、稲荷神かねぇ？　あと、そっちは巫女だねぇ。どうしたんだねぇ？」

大年神は、おっとりとした口調で顎髭をなでていた。しかし、手元は遊具をしっかりと操縦している。

「いえ。わたしたちは、大年神様を見かけたので……あの、どうして、こんなところにいらっしゃるんですか？」

「ああ？　ああ、あー……どうして、かねぇ？」

大年神はピョンと遊具から飛びおりる。丸っこいお腹がぽよんと揺れた。どことなく愛嬌があって、憎めない雰囲気だ。

「なんかのう……面倒くさくてねぇ？」

「はい？」

今、なんて？

九十九の目が点になった。

足元で、シロの使い魔が息をつき、前足を舐めている。

「いや、だからねぇ。正月、面倒くさくないかねぇ？」

「え……え？　面倒って……？」

「今年くらい、ワシが仕事サボっても、誰も怒らないんじゃないかと思ってねぇ。今年の年末年始は、宿に泊まることにするから、よろしく頼むよ？」

「え……え、え？　ええ？」

「ワシも寝正月がしてみたいねぇ」

「えええええええ⁉」

あまりにも、のんびりとした口調だったので聞き流しそうになったが――いや、聞き流したかった。

大年神の発言は問題だ。

お正月の神様が年末年始サボるって、それ駄目なんじゃないですか⁉

2

神様は忙しい。

暇そうに見えていても、それは気のせいだ。

彼らは存在するだけで土地や人々に恩恵を与える。それぞれに決まった役割があり、不要な神様などいない。

客室でゲーム機を操作している大年神も、そうである。

「あのぉ……大年神様……」

夕餉は愛媛あかね和牛のステーキ御膳だった。

脂質が少なく、柔らかい赤身が特徴のブランド和牛である。みかんジュースの搾《しぼ》りかすを飼料として与えており、今、注目の和牛だった。

しかし、その膳を並べる間も、大年神はゲームに夢中である。テレビの前で横になり、インターネット対戦に興じていた。

「最近の若造は、やり込みが足りんねぇ」

見目は老人だが、ゲームの腕は一流のようだった。

九十九も京の家でプレイしたことのあるゲームだったが、画面を見ても「なにをやっているのかわからないが、とにかくすごい」という感想しかわかなかった。動きが尋常ではなく忙《せわ》しいのに、無駄が一切ない。

「ほい、ほい、ほいっと……」

「あの、大年神様。本当に、このままご宿泊を続けるんですか？」

大年神が宿泊して数日。

もう明日が大晦日なのに、帰る気配はまったくなかった。

この状態のまま、年明けするのだろうか。大年神が来訪神とならなければ、全国の家々に福がもたらされない。

本当の意味で、お正月が迎えられなくなってしまう。

「そう言われてもねぇ？　だってねぇ、最近、ワシ要らん気がするしねぇ？」

「そんなこと……」

「しっかり、しめ縄飾って迎えてくれる家なんて、めっきり減ってるからねぇ。それでも、サービスで来訪しとったんだが……そもそも、正月に家へ帰らん子らも多くてねぇ。どうにも、ワシ、寂しくって？」

喋りながらも、大年神はゲームの指を止めなかった。あいかわらず、熟練した技を披露し続けている。対戦相手が可哀想だった。

「一年くらいサボっても、誰も困らんやろう。大げさ、大げさ」

「いや、それは……」

「近頃は、堕神も増えとるし。そのうち、ワシもそうなるかもねぇ？」

「そんなことないです！」

九十九は、つい大声を出してしまった。

大年神は、ようやく、びっくりした様子でゲーム画面から視線を外す。

九十九は一瞬、たじろいでしまうが、こうなったら勢いだ。なにがなんでも、自分の主張をさせていただこうと腹をくくる。

「みんなお正月を待っています！　わたしだって、そうです！　大年神様は、みんながそうじゃないって感じるのかもしれませんが……でも、まだまだ大年神様を信仰している人は、たくさんいます。堕神になんてなりません！　いいえ、させません！」

九十九は堕神を二度見た。

どちらも、元がどのような神様だったのかわからない。ただ、物言えず、消えていくだけの存在だった。

やるせなくて、震えた。

だから、嘘でも「自分も堕神になるかも」なんて、神様には言ってほしくない。

そうならないように、九十九は彼らを覚えていたい。

彼らは大事なお客様で、そして、神様だ。

またがんばろう。もう少し、人間を見守ってみよう。

そんな風に思ってもらえるおもてなしを、九十九はしたかった。

「大年神様！」

九十九はキッと、ゲーム画面を睨んだ。

「そんなに、ゲームをしたいのでしたら……わたしたちと、勝負しましょう」

大年神は、驚いた様子で、啖呵《たんか》を切った九十九を見つめている。

だが、宣戦布告を聞いて数秒後、ニヤリと口角をあげた。

おっとりとした雰囲気とは違う。まるで、獲物を見るような目だ。「老獪《ろうかい》」という言葉が似合う。そんな風格があった。

まったく別の神様を相手にしているような気分だ。

「ほお。巫女よ、その言葉に後悔はないかねぇ?」

九十九はゴクリと唾を呑む。

先ほどまでと、明らかに空気が変わった。鉛のように重く、威圧的だと感じる。心持ち、息が苦しくなった。

「はい」

それでも、九十九はうなずいた。

「湯築屋がお相手します。わたしたちが勝てば、来訪神のお仕事を果たしてください」

これはゲームではない。

決闘である。

そういう空気であった。


九十九が啖呵を切ったことにより、湯築屋では臨時の作戦会議が慌ただしく開かれた。

一通りの業務が終わったあとで、従業員一同が応接室で机を囲む。

「お待ちやがれよ。なんで、俺も呼びやがったんです?」

「お黙りなさい。あなたが説得できなかったからでしょう?」

抗議する須佐之男命を、天照が肘鉄で黙らせる。

あいかわらず、須佐之男命に対する扱いが雑であった。

「お客様方まで巻き込んで、申し訳ありません」

知恵は多いほうがいい。

大年神から言い渡されたルールは、単純に「ゲームでの勝負」であった。

勝負の内容は、こちらが決める。

ゲームであれば、なんでもよかった。ただし、勝敗が明確につかなくてはならない。ダンスや絵画など、芸術点が発生し、基準があいまいなものは除外される。

「……仕合《しあい》でしたら、自信があります」

仲居頭の碧が真剣な表情で提案する。

物腰は柔らかいが、目は笑っていない。剣《つるぎ》のような眼光で思案している。必要があれば、神殺しさえ辞さぬ。そのような気概が見てとれて、周囲が「いや、それは……ちょっと……」と尻込みしていた。

碧は、神気は扱えないが、武術は達人級である。

時代が違っていれば、名のある英雄になっていたと、神々が口をそろえて評価していた。

「剣道で、いかがでしょう。腕が鳴ります」

「いや、でも、碧さん……勝負の人数は三人なので、二人が勝てないと……」

勝負は三回だ。

ゲームの達人である大年神に、従業員が二人以上勝てるゲームでなくてはならない。作戦会議に参加しているが、天照や須佐之男命は従業員ではないので除外される。

「そこに一柱、神がいやがりますけど？」

須佐之男命が遠慮なく、シロを指さした。

たしかに、シロは神様だ。おまけに、湯築屋の結界は彼が意のままに制御できる。シロが剣を持つ姿など見たことがないが、結界内であれば、大年神に勝つのは容易だろう。

だが、シロは心底嫌そうに息をつく。

「儂は温厚なのだ。か弱い引きこもりだぞ。仕合では戦力にならぬ」

「はあ？　そんなわけがな――イダダダダダ。姉上様、なんでつねってやがるんですか？」

「須佐之男は黙っていなさい」

「会議なのに！」

なにが気に入らなかったのか、天照が須佐之男命を黙らせていた。

「と言っても、大年神様に勝てそうなゲームって、そんなにない気が……」

小夜子が不安そうに声を出した。

そこである。

宣戦布告したものの、大年神はいわゆる「ガチゲーマー」だ。宿泊してからというもの、片時もゲームから離れず、ずっとガチプレイをしている。

その様子を見ても、並みのゲームでは勝つのがむずかしいとわかった。

「テレビゲームの類は、あまり得意じゃないかも……」

「その辺りは大年神様、まさに神業だから、たぶん無理です……」

「ババ抜きとか、ポーカーとか、運でなんとかするゲームは？」

「神様相手に、運任せの勝負は分《ぶ》が悪すぎるのでは……」

話はまったく進まなかった。

そもそも、湯築屋の面々はゲームには疎い。人並み程度か、それ以下であった。ガチゲーマーの大年神に勝つのは無理だ。

「やはり、あなたがなんとか言いなさいな。須佐之男」

天照が須佐之男命を小突いた。

「そう言いやがってもですねぇ。いいんじゃないですか？　だって、本人、やりたくないって主張しやがるし。やりたくないもんを無理強いするのは、あまりお勧めしませんけどねぇ？　俺が言っても、説得力ありませんし」

須佐之男命は面倒くさそうに頭を掻いていた。

やりたくないことは、やらなくていい。

須佐之男命なら、そう言いそうではある。

伊邪那岐が川で行った禊《みそぎ》により、天照大神、月読命、須佐之男命が生まれたとされる。

やがて、彼らにはそれぞれ、領地の統括が命じられる。

須佐之男命に与えられたのは、海原の統治であった。だが、須佐之男命は海の神でもなければ、水の神でもない。製鉄の神である。

彼はこれを拒んだという。どだい無理な話なので仕方がない。

そういう意味で、「説得力がない」と言っている。須佐之男命にも、大年神を説得する気はなさそうだ。そういうスタンスなのだと思う。

しかし、大年神はお正月の神様なのだ。神としての役割を遂行させなくてはいけない。

その気にさせて、来訪神となってもらうのだ。

そのためには、ゲームに勝たなければ。

「……逆に、勝つ必要はない、かも？」

九十九は、ついひらめきを口に出してしまった。

「九十九ちゃん、それどういうこと？」

小夜子が食いついた。次いで、他の面子もどういう意味か続きをうながすように、顔をのぞきこんできた。

九十九は気圧《けお》されそうになり、苦笑いする。

「え、えっと、要するに――」

そして、九十九の思いつきを聞くと、誰もがうなってしまう。しばらく、うんうんと考えたあとで、「それしか、ないかも……？」という方向に感情が動いていく。

上手くいくかはわからない。

保証はないが、やってみよう。

方針が決まってしまった。

3

来《きた》る大晦日。

この日に、湯築屋、いいや、日本のお正月がかかっている。

九十九は梅柄の着物を襷《たすき》掛けにし、意気込んだ。キュッと襷を結ぶ瞬間、スイッチが入る。

隣には、小夜子と碧がひかえていた。今日は勝負どころなので、二人とも、いつも着ている臙脂の着物ではない。それぞれ、小夜子が竹の柄、碧が松の柄を身につけている。簪もモチーフをあわせていた。

三人そろうと、松竹梅。

意地でも、縁起のいい正月を迎えてやろうという、げん担ぎのようなものだった。

「ほおう。いいねぇ……美女三人とは、こりゃあ、目が楽しい」

のんきに笑っているのは、大年神だった。

最新の携帯用ゲーム機をプレイしながらも、湯築屋の代表三名を観察している。

ずいぶんと余裕だ。彼にとっては、湯築屋の面子など赤子の手をひねるようなものだろう。

「もう一度、言いますが……大年神様。本当に、家々を回るおつもりはないんですか？」

ゲームの前に、九十九は念のために確認した。

「うーん、だってねぇ。ワシ、要らんみたいだしねぇ……それよりも、こっちのほうが楽しそう」

大年神に、譲歩するつもりはなさそうだ。むしろ、これも「趣向の変わったゲーム」として楽しむつもりのようである。

逆に、そう思ってもらったほうがいい。大年神がゲームに興味を示してくれなければ、その時点で、お正月は迎えられなくなってしまう。

「わかりました。では、シロ様……種目の発表をおねがいします」

九十九が宣言すると、心得たとばかりにシロが前に出る。

本当はシロがゲームに参加する線も検討された。

しかし、ここはシロの結界の中だ。あらゆる神気が制限される空間である。シロには、公正な審判をおねがいするのが筋となった。

「種目は」

両者が対峙していた座敷の障子が開いた。

縁側の向こうには、雪が取り除かれた庭が見える。

「羽根突きだ」

途端に、シロの両手に羽子板と羽根が現れた。

「ほおう？」

大年神は少し意外そうに、顎髭をなでる。ゲームをプレイする手も止まっていた。こちらが提示したゲームに興味を持ったらしい。

「湯築屋の先鋒は朝倉《あさくら》小夜子。次鋒、河東《かわとう》碧。大将、湯築九十九だ」

「ええねぇ。おいで、おいで」

大年神は余裕の面持《おもも》ちであった。

羽根突きは代表的なお正月遊びである。

羽子板で羽根を打ち返し、打ち損じたほうが負け。簡単なルールしか設けられていない。単純明快な遊びであった。

なお、今回は神対人であるので、少々ルールをつけさせてもらっている。

バドミントンのコートを用いて、コート外に出た羽根はアウト判定とした。しかし、中央のラインのみで、ネットは設置していない。

更に、大年神はシロによって神気の使用を一切禁じられていた。いわゆる、ハンデだ。つまり、今の大年神は人間と同じ身体能力しかない。当然、疲労も感じるし、喉も渇く。

勝負は一人ずつ行う。三ポイント先取したほうが勝ちだった。

「よ、よろしくおねがいします！」

先鋒の小夜子が庭に出る。

着物を着ているが、足元は一応、スニーカーだった。

日本のお正月がかかっている大事な先鋒だ。緊張しているのが、傍目にもわかった。

「小夜子ちゃん、がんばって！」

縁側から、九十九は声をかけた。

小夜子はふり返りながら、「うん……」と不安そうだ。

いつも降っている雪の幻影はない。庭の鹿威し《ししおど》の、カツンという音が耳につく静寂だった。

世間は、大晦日を楽しんでいるだろう。

先ほどまで、みんなでテレビの歌合戦を見ていた。途中で退席するのは心惜しかったが、録画しているので大丈夫である。厨房では、幸一が年越し蕎麦《そば》を用意しているところだ。

日本中が幸せに年を越せるかは、この勝負にかかっている。

「では」

シロが合図すると、小夜子がかまえた。

大年神は、羽子板の柄を余裕の表情でながめている。

「はじめ」

シロの宣言で、開始となった。

「いきます！」

小夜子が叫び、羽根を放り投げた。そして、勢いよくサーブする。

木で木を打つカーンという音が響いた。

羽根は弧を描くように大年神の陣地へ飛んでいく。大年神は華麗な足さばきで羽根に追いつき、羽子板で打ち返した。

羽根は高くあがって、小夜子のほうへ。

小夜子の身体能力は平均的な女子高生並みである。あまり苦労せずに、二打目を返した。

「いくねぇ？」

緩やかに降下する羽根を前に、大年神の表情が変わった。

ニコニコとしていた両目がカッと開眼し、羽子板を両手で持つ。

「え⁉」

大年神が打ち返した羽根はまっすぐに、ビュンという音を立てて小夜子に向かっていった。

小夜子は、とっさに羽子板を前に出す。羽根は羽子板に命中した。

しかし、羽根突きとは、木で木を打ち返す遊びだ。

ただ当てただけでは勢いが足りず、羽根はポトンと地面に落ちてしまった。

中央のラインは越えていない。

「大年神、一点先取だ」

審判をつとめていたシロが宣言する。

「緩急だねぇ。何事にも、大事なことだよ。特に対人戦では、ねぇ？」

大年神は羽子板をくるくると回しながら笑った。

小夜子は額に汗をにじませながら、唇を噛む。

「ううっ……さ、小夜子さん大丈夫でしょうか？」

九十九の隣で観戦していたコマが「わわわ」と震えていた。

「大丈夫だよ」

九十九は、そんなコマの頭をなでて、なだめた。コマは落ち着かないのか、ちょこんと九十九の膝に乗る。そわそわしているのが伝わってきた。

一方で、反対側に正座する碧は冷静だった。

「小夜子ちゃん、その調子です」

そう声をかけている碧の顔は真剣そのものだ。

手には当然、羽子板を持っているのだが、それが刀だと錯覚してしまう。気合いがオーラとなって、目に見えそうだと感じた。

「碧さん、大丈夫そうですか？」

「はい、問題ありません。若女将」

返答する間も、碧は瞬きもせずにコートを見ていた。

小夜子が再び、羽根を突く。

それを大年神が難なく返していた。今度は小夜子を左右に走らせるような打ち方をしている。小夜子は見事に翻弄されて、息を切らせていた。最後には、大きくバランスを崩して転倒してしまう。

大年神が二点先取した。

苦しい戦いだ。

大年神は野外のゲームも得意のようである。

だが、これは予想の範囲内だった。大年神が「ルールはこちらで決めてもいい」と言った時点で、想定できたことである。

「おおー、やってやがりますねぇ」

遅れて、お客様たちも見物にきた。

須佐之男命と、姉の天照だ。

「がんばってる、がんばってる」

須佐之男命が縁側に腰かける。ゲームに参加はしないが、彼らも知恵を貸してくれた。上手くいっているか、見守りにきたのだ。

と言っても、天照は歌番組に推しが出ているらしく、ずっと座敷で垂れ流しているテレビを見ていた。真剣なので話しかけると、怒られそうである。

九十九はスマホの画面で時間を確認した。

「はあ……はあ……」

小夜子の顔から、疲労困憊《こんぱい》であるのが見てとれた。

それに反して、大年神は余裕である。

勝負は誰もが予想した通り、大年神が制した。

「よいねぇ。若いねぇ」

三点先取した大年神は楽しそうに、小夜子の肩をポンポンと叩く。

小夜子は悔しそうというより、ただただ疲れた息をくり返していた。

「小夜子ちゃん、ありがとう」

縁側に帰ってきた小夜子に、九十九は労いの言葉をかける。タオルと、スポーツドリンクの入ったペットボトルを渡した。

「よっ、とっちゃん。おつかれさん」

須佐之男命が大年神に軽すぎる口調で声を投げていた。見目だけでは、どちらが父かわからない。こういう光景は神様たちには、よくあった。

「疲れとらんよぉ。大丈夫、大丈夫」

「まっ、そうだろうなぁ！　楽しそうにしやがってるのが、なによりだな」

「まあまあ、楽しいねぇ」

大年神はスポーツドリンクを飲みながら、須佐之男命と雑談に興じている。小夜子と比べると、天地の差があった。

大年神は、神気の使用が禁じられているが、これだけ余裕なのだ。元の能力値が高かったのだろう。

神様は侮れない。

もちろん、この程度のハンデで勝たせてもらえるとも思っていなかった。

「はあ……はあ……九十九ちゃん……どうだった？」

小夜子が心配そうに、九十九のスマホをのぞきこむ。

「いい感じだよ。ありがとう、小夜子ちゃん」

「よかった……」

横で、音もなく碧が立ちあがった。

「小夜子ちゃん、おつかれさまです。あとは、私にまかせてください」

碧は松柄の着物を襷掛けに結んだ。

そして、額に鉢巻きをつける。足元は動きやすい足袋《たび》だ。

「だいたい見させていただきました」

碧の声は静かだった。

右手に持った羽子板は、本当に木の板なのだろうか。今の碧が持つと、ギラギラと光を放つ妖刀……いや、神殺しの剣にすら見えた。

殺気。

そんな生ぬるいものではない。

覇気であった。

「面白いねぇ……これが本命、かねぇ？」

大年神が顎髭をなで、ニタリと笑った。

非常に好戦的で、獰猛《どうもう》な獣のような気を感じる。肉食動物が獲物を見つけて、舌なめずりしているかのような――。

「ひぃ……！」

いつもと違う碧と大年神に圧倒されて、コマが毛を逆立てていた。ゾワゾワと、お尻の尻尾が妙な動きをしている。

九十九も、掌に汗をかいていた。

単にゲームを観戦しているのではない。

これは、神と人との一騎打ち。まるで、神話だ。

「次鋒戦を行う」

正確には、大年神は一人なので、次鋒戦ではないが……シロは気にしていないようだった。

「はじめ」

先手は碧だった。

彼女は手の中でもてあそんでいた羽根を、前に掲げた。

「参りますよ、お客様」

言葉はていねいだが、目はまったく笑っていない。雪は降らないのに、周囲の温度がサーッとさがっていく感覚があった。

だが、大年神も負けてはいない。

まるで、両名は氷山で対峙しているような光景になっていた。なぜだろう。二人とも、神気が使えないはずなのに。

シロ様、これ本当に神気制限してます？

「九十九ちゃん……龍とか虎が見える気がするの、私が疲れてるのかな……？」

「ううん、小夜子ちゃん。わたしにも、同じものが見えてる気がする……」

「碧さんのこと、怒らせちゃ駄目だね……」

「わたしも、そう思う……」

コマの毛が逆立ち、石像のように固まっていた。緊張が臨界点に達したらしい。ずっと、九十九の手を離さず、小刻みに震えている。

碧が動く。

羽根を投げ、

「はっ！」

力の限り羽子板をぶつけた。

羽根を突いた音がしたかと思うと、弾丸のようなスピードで大年神の陣地へと吸い込まれていく。

大年神の動きも速かった。

プロテニスプレイヤー並みの素早さで、落ちる羽根を打ち返す。

「せいやっ！」

「やぁぁあっ！」

まるで、剣道の仕合である。

けたたましい叫びが響いていた。

小夜子を先鋒にしたのは、理由がある。

碧は武術の達人だ。当然、身体能力も湯築屋の中ではトップである。羽根突きで大年神に勝つ可能性が一番高いのは、碧だった。

碧が大年神の動きを観察するために、小夜子を先鋒にしたのだ。悪い言い方をすれば、小夜子の勝敗は関係なかった。碧が勝てるように、データを集められれば充分だったのである。

小夜子は、その役目を果たした。碧と大年神のゲームを見て、そう確信する。今のところ作戦は順調だ。

「あれって、本当に人間なの？　……神剣でも持たれたら、俺でも負けちまうかもしれねぇですねぇ。とっちゃんが互角でやれてるのは、得物が板だからだわ。おお、怖ぇ……」

碧を見て、須佐之男命まで苦笑いしていた。一応、彼も製鉄や戦の神である。そんな神様でさえ、碧を怖がっていた。

幸一が「碧さん、怒ると本当に怖くて」と言っていたのを思い出す。

「碧に一点」

長い間、打ちあっていたが、ついに点数が動いた。

大年神の足元の地面に、羽根がめり込んでいる。強いスピンがかかっていたようだ。ただの木の板だというのに、恐ろしい。

「くう……やりおるねぇ」

大年神は汗を手で軽く拭った。

碧のほうも、珠のような汗がしたたっている。

「お二人とも、水分補給をどうぞ！」

九十九はすかさず、用意していたスポーツドリンクを持って駆け寄った。特に、普段、汗をかき慣れていない大年神には必要なことだ。

一緒に、栄養補給のチューブゼリーも渡した。

「ふう……」

大年神は汗を拭って、肩で息をしている。

神様は神気の影響で、疲れたり、汗をかくことがない。しかし、今はほとんど人間と同じ条件となっている。

「こりゃあ、恐れ入ったねぇ。だが、まだまだ」

大年神の表情はやや辛そうに見えたが、まだやれそうだ。

「ありがとうございます、若女将」

碧にもタオルを渡す。

珠のような汗がいくつも流れているが、大年神に比べると息があがっていなかった。余裕の様子である。

「いいペースですよ」

九十九はスポーツドリンクを渡しながら、こっそり告げた。

「すみません……碧さんに負担をかけてしまって」

「いいえ、若女将。大丈夫ですよ、思ったよりも余裕があります」

碧はスポーツドリンクをクイッと呷《あお》る。そして、補食用のエネルギーチャージゼリーを飲むように摂取した。

「久しぶりに、武者震いしております。これが本気の仕合だったら、よかったのに。ゲームなのが悔やまれます」

本当の笑顔であった。

それなのに、九十九の身体に、ビリリと電撃がほとばしったかのような緊張が走る。まるで、神様を前にしている気分だ。

九十九がコートからさがると、ゲームは再開する。

「それでは、はじめ」

シロがゆっくりと間を充分にとって取り仕切った。

カンッ
カンッ
カンッ
羽根を打ちあう音が激しく続く。

互いに、木で木を打ち返している。テニスのように、ガットが張ってあるわけではなく、跳ね返る力は極めて弱い。

つまり、ほとんど羽子板をスイングの力だけで返しているのだ。

それを、卓球並みのスピード感で続けている。おまけに、このラリーは何十分も続いた。

「大年神に一点」

今度は大年神に点数が入った。

「ふむぅ……」

大年神は顎をなでて首をひねっていた。

九十九はスポーツドリンクを渡しながら、大年神の様子をうかがう。

「大丈夫ですか？」

「なぁに……若造には、これくらいのハンデがあってちょうどだからねぇ」

大年神が肩を大きく回すと、バキバキと関節が鳴った。

「ゲーマーは、負けず嫌いなんだよねぇ」

そう言って碧を見る大年神の目は……マジであった。

神様が本気で一人の人間を倒しにかかっている。

このような場面は、湯築屋につとめていてもなかなか見られない。否、見たことがなかった。

その後も、壮絶な打ちあいが続く。

お互いに消耗するゲームだ。

一点対一点の同点から、碧が勝って二点対一点に。

大年神が取り返し、再び同点。

ついに、あと一点を先取したほうが勝ちという状況となった。

時刻は二十三時を回っている。まもなく、年が明けてしまう頃合いであった。

だが、勝負は佳境である。

何人《なんぴと》たりとも邪魔は許されなかった。

「九十九ちゃん、そろそろ……」

「うん、よろしく」

熾烈《しれつ》なラリーを横に、小夜子がこっそりと立ちあがる。碧と大年神のゲームは長時間にわたっていた。小夜子の体力も充分、回復している。

碧が、こちらを見た気がした。

九十九はゴクリと息を呑んでうなずく。

「はあっ！」

碧のスマッシュが切れ味を増す。

あれだけの長期戦をこなしたあとで、どこにこのような体力が残っていたのだろう。そう思わせる会心の一撃であった。

「ぬぁにぃ！」

大年神も負けてはいない。碧の一撃をなんとか受ける。

「な、なに⁉」

改めて説明する必要はないが……羽根突きは羽子板で、木製の重りがついた羽根を打ち返す遊びだ。

鉄などに比べると、圧倒的に強度が劣る。ゴムのような弾力もない。

大年神の羽子板で打ち返した羽根は——その瞬間、バラバラに粉砕してしまった。

細かい木くずが散り、カラフルな羽根だけがふわりと舞う。

場が、しんと静まった。

「三点先取、碧の勝ちだ」

シロの宣言で、勝敗が決した。

途端に、碧が糸の切れた人形のように、フッとその場に座り込む。

大年神も、豪快に寝そべった。

長期戦を制したのは、碧である。

「碧さん！」

九十九は急いでバスタオルとスポーツドリンクを持って駆けた。大年神のほうへは、須佐之男命が歩み寄っている。

「負けたねぇ！」

大年神が、はっはっはっと声をあげていた。

碧は、ぐったりとして、九十九の腕にもたれている。

「すみません、若女将……四十を過ぎると、さすがに、昔のようにはいきませんね。歩けそうにないです」

「ううん、碧さん。ありがとうございます。こんな無茶をさせてしまって、すみません……でも、大丈夫そうです」

九十九は碧にスマホを見せた。

画面を見て、碧は安心したように笑う。そんな碧を屋内へ戻そうと、駆けつけた八雲が抱えてくれた。

碧は充分に役目をまっとうした。

ここからは、九十九のターンだ。

「大年神様」

九十九は寝そべる大年神に声をかけた。

「くぅ……やられたねぇ。少し休ませてもらえるかねぇ？　それとも、こういう作戦なのかねぇ？」

大年神の体力が回復すれば、九十九に勝ち目はない。このまま連戦するほうが、九十九には有利である。

しかし、九十九はニコリと口角をあげた。

「いいですよ、休みましょう」

そして、屋内を示す。

「ちょうど、お蕎麦の用意ができました」

小夜子がちょうど、縁側まで帰ってきていた。手には盆。上には、温かそうな蕎麦の器が並んでいる。

大年神はむくりと顔をあげた。

「蕎麦！」

動けないと言っていた気がするが、大年神の身のこなしは軽かった。丸っこい身体を揺らして、軽快に座敷へあがっていく。

運動直後に食事ができる元気が残っているとは……九十九は苦笑いしてしまう。

「ほら、言ったでしょう？　とっちゃんは、蕎麦なら必ず食べやがるって」

そんな九十九に、須佐之男命がこっそりとウインクした。

たしかに、その通りだ。なにせ、このタイミングで蕎麦を出すのを提案したのは、須佐之男命なのである。

「九十九、松山あげも入っておるぞ」

座敷へは、シロが先に帰っていた。さっきまで、庭に立っていたのに、いつの間に。神気の無駄遣いである。

座敷のテレビでは、歌番組の勝敗について集計が行われているところだ。それを見て、天照が「白！　白！　白！　白ですわ！」と興奮した様子で叫んでいた。実は、ずっとテレビにかじりついている。今年は、推《お》しの初出演と言っていた。気合いが入っているようだ。

座敷へ集まる間に、人数分の蕎麦が運ばれていた。

醤油ベースの出汁に、蕎麦が沈んでいる。鴨南蛮、焼きネギ、松山あげのシンプルな具であった。

「食べましょう、年越し蕎麦」

九十九が言う前に、大年神はすでに箸を割っていた。両手をあわせて、蕎麦を食べはじめる。

九十九も卓についた。

出汁は鴨でとってある。醤油の尖った塩気は感じず、ふんわりと香る程度だ。その出汁を充分に吸った松山あげを口に含むと……じゅわりとジューシーな甘みが広がった。

噛めば噛むほど、内側から出汁がいくらでも染み出る。まるで、スポンジだ。美味しいスポンジを噛んでいるようだった。

これぞ、松山あげの真骨頂である。こうやって、出汁を吸わせるのが一番美味しい。いつもそのままを食べているシロも、満足そうにしていた。

そして、蕎麦はつるつると口の中に入っていく。しっかりとした弾力があり、蕎麦粉の味が充分に楽しめた。

年越し蕎麦は、儀式だ。

来訪神である大年神を迎えるにあたって、身体を清めるためと言われている。

「あああああ！　白ぉぉぉおお！」

天照が歓喜なのか、嘆きなのか、よくわからない絶叫をしていた。正直なところ、彼女の声のせいで、九十九には歌合戦の勝敗が判別できない。

「はあ……美味しかったねぇ」

大年神が大満足の表情で腹をなでた。

満腹、満腹。そんな様子だ。

「さて……残るは、巫女だねぇ」

年越し蕎麦を食べ終わり、ゲームの続きをしよう。

が……大年神が提案をしたとき、テレビから「ゴーン……ゴーン……」と音がした。

除夜の鐘だ。

もうすぐ、年が明ける。

「えー、大年神様ぁ？」

九十九は蕎麦を食べ終わった箸を器の上に置き、わざとらしく胃の辺りをさすった。

「食べてすぐの運動は、身体に悪いんですよ？　大年神様だって、今は神気が使えないので、消化に悪いことはひかえたほうがいいかと」

「な……」

九十九がぐったりとしながら言うものだから、大年神はどうすればいいのかわからないようだった。

「それに、もう年が明けてしまいます。これ以上は、ゲ、い、ームではなく、お、い、お正月遊び、ですよね。年越し蕎麦も、食べてしまいました」

この段階になって、大年神は九十九がなにを言いたいのか悟った様子だった。

更に、今までのゲームが、どのような意味を持っているかも。

「お正月遊びは、お正月を迎えないと……やれませんよねぇ？」

お客様に対して、このような意地の悪い言い方をしたのは、初めてだった。

「な、ならば……稲荷神！　ゲームしないかねぇ？」

「儂はせぬ。これから、松山あげのおかわりをもらいに行くからな」

大年神にすがられるが、シロは顔色一つ変えず、袖にした。作戦通りだが、たぶん、松山あげのおかわりも本心なのだろう。

「……嵌《は》めたねぇ？」

「なんのことでしょうか」

大年神に勝てるポテンシャルがあるのは、最初から碧だけだった。

しかし、そもそも、勝ちに行く必要がないのではないか。

わずかな可能性に賭けた戦略である。

大年神とゲームを楽しむだけ楽しんで、続きはお正月を迎えてから行うという提案を持ちかける作戦だ。

まず、開始時間を遅めに設定した。

そして、小夜子とのゲームで碧が大年神の動きを細かにチェックする。それをもとに立ち回る算段だった。

ここでは、碧のプレイが鍵をにぎる。

できるだけ、ぎりぎりまで時間を引き延ばしつつ、必ず大年神に勝つ。

これが勝利条件となった。

そのため、碧は一時間近い激闘を演じなければならない。間には、長めの休憩を入れ、可能な限り時間を稼いだ。年越し蕎麦も、その一環である。

除夜の鐘が鳴るまで。

碧に大変な負担のかかる作戦だったが、快く引き受けてくれた。

神様を相手に、見事完遂した碧は間違いなく功労者だ。いいや、日本のお正月を救う英雄である。

「ぐぬぅ……」

大年神は低くうなりながら、あぐらをかく。

「まあ」

だが、やがて、気の抜けた息をついた。

いつものおっとりとした大年神である。

「こんなに楽しいゲームは、久しぶりだったねぇ……それに、ワシの完敗だよねぇ、これは」

一杯食わされた。

そんな口調で、大年神は立ちあがる。

「満足したのう。これだけ楽しませてもらったからねぇ……仕事くらいはしないと、だよね？」

いつの間にか、縁側の外に大きな譲り葉が現れていた。大年神が乗って、家々を回るための乗り物だ。

「手間をかけさせるな。疾く、ゆけ」

シロは大年神の神気の制限をなくしたのだろう。ちょっとわずらわしそうに、「しっしっ」と手で追い払う動作をしていた。

いくらなんでも、お客様にその態度はない。九十九は、無言でシロの手を、ピッと叩き落としておく。

「帰ってきたら、続きをしておくれねぇ」

「はい」

大年神はぴょんっと軽く譲り葉に飛び乗った。

最後に、座敷の隅で休んでいる碧をふり返る。

「お前さんの得物が板でよかったよ。いやあ、大した若造だねぇ！　また頼むよ！」

須佐之男命も、「碧に神剣を持たせると危ない」と言っていた。やはり、相手をしていた大年神も、そのように感じていたのか。

碧は神気が使えない従業員だ。

幼いころは難儀したと聞いていたが、今では神すら力を認める人間だ。

「では、よいお年を」

のんびりとした笑い声を残して、大年神は飛んでいった。

巨大な譲り葉がプロペラのように回って、その上に大年神が乗っている。いつ見ても、目が回りそうだった。

「あ」

九十九は慌てて時計を確認した。

時刻は、二十三時五十九分。

あと十秒ほどで、年越しであった。

九十九が急いで姿勢を正すと、みんなも正座する。数秒の間だけ、なにもない、静まりかえる時間があった。

「あけましておめでとうございます！」

示しあわせてなどいなかった。

けれども、日付が変わると、みんなで一斉に頭をさげる。

いっぱい、いっぱい、笑いあいながら新年のあいさつをした。

夢．忘却の水底に漂う

一富士《いちふじ》二鷹《にたか》三茄子《さんなすび》。

初夢に見ると縁起がいいとされている。

そんな光景は少しも見えなかったけれど――九十九には、これが夢だとわかっていた。

誰に教えてもらったわけでもないが、直感している。

これは、夢だ。

水の中へ沈むように、意識が深く深く潜っていく。そうかと思えば、ふわふわと水面に浮いていく瞬間もある。ゆらゆらと漂って、夢《まぼろし》と現《うつつ》の間を行き来している気がした。

この感覚は、以前にも覚えがある。いつだったか、わからないけれど。

内容もおぼろげで、忘れてしまった。

何度も……何度も……あれ？　何度も？　いつ？

『九十九』

名前を、呼ばれた。

誰の声か判別できないが、自分が呼ばれたことだけは、わかる。九十九は返事をしようと口を開くが……上手くいかない。なにも喋れないまま、口を開閉した。

もどかしい。九十九は耐えきれずに、右手を伸ばす。

手が、なにかに触れた。温かくて、柔らかくて……軽い。この手触りは、知っている。

枕元に置いて寝ている羽根だ――シロからもらった。

九十九はすがるような思いで、その羽根を離すまいとする。

「あなたは、誰なんですか？」

問いの返答はなかった。代わりに、視界が急に開ける。景色が明るくなって、九十九は思わず両目を閉じてしまった。それでも、次第に慣れてくる。

ここは、どこだろう。夢の中で間違いないはずだが……空を仰ぐと、まんまるのお月様が輝いている。木々がそびえ、闇の向こう側に岩の山が見えた。

幹と幹の間で、なにかが動いた気がした。白い影のようなものだ。

九十九はゆっくりと、そちらに向かって歩いた。

「白鷺……？」

岩間に羽を休めていたのは、真っ白な鷺だった。その足元からは、湯が湧いている。道後温泉の伝説に、このような場面があったはずだ。と、九十九はおぼろげに考えていた。

白くて美しい。そして、強い神気を感じた。

九十九は自分が持っている羽根を見おろす。

「あなたは」

九十九の声に、白鷺がふり返った。こちらの言葉を理解している。ただの白鷺ではない。これは神気を宿す――神様であると直感した。白鷺は神の使いというが……あれは、神だと確信する。

同時に、今、手にしている羽根は、あの白鷺のものと同じである気がした。

『もう気づいておろう?』

白鷺の声が頭に響く。九十九は意味がわからず、顔をしかめた。

『我《わし》を、お前は知っておるはずだ』

「そんなこと――」

『知っておる。我は最初にして、最後の神。原初《はじまり》の世に出《い》でて、世の終焉《おわり》を見送る者』

「最初の……?」

白鷺には表情がない。けれども、笑っているような気がした。気味が悪くて、九十九は背筋に寒気を感じる。

不意に、羽根が手から逃げるように舞った。

「あ……待って!」

九十九は追いかけようと、地面を蹴る。

「よく来たね」

白鷺の声ではない。突然、女の人に話しかけられたのだと理解する。はっきりとした、しかし、ぼんやりとした声音だ。

ハラリと、羽根が落ちた。九十九は拾おうと、羽根の行方を視線で追う。

「あ……」

羽根が落ちた先には、見たことがない女の人が座っていた。

月明かりの注ぐ闇の中で一人、正座している。長い黒髪がしなやかで……辺りが暗いせいか、白い着物がぼんやりと存在感を放っていた。洗われるような白さとは、こういう色なのだろう。

少女のようにも、大人のようにも見える。

不思議な人だった。

白くて、青くて、儚《はかな》い。頭上の月と女の人は、とても近い雰囲気だと思った。「お月様みたいな人」とは、こういう人を指すのだろう。

そして、「お月様みたいな人」を、九十九はもう一人知っていた。

「せっかく呼んだんだ。そこに座ってよ」

女の人は、ふわりと笑って自分の正面を示した。黒々とした大きな瞳は愛嬌があって、とても引き込まれる。

ふり返ると、いつの間にか岩間から白鷺が消えていた。飛んでいったのだろうか。

「呼んだ……？」

「そう、あなたを」

その場に正座する九十九に、女の人はうなずいた。

「ここ、夢ですよね？」

「夢だよ。ごめんね……初夢なのに、いい夢を見せてあげられなくて」

彼女と話していると、どこか懐かしい気分になる。誰かに似ている……まっさきに浮かんだのは、登季子の顔だった。この人は、登季子に似ている？

だが、しっくりこない。

「たぶんね。いつもみたいに起きたら、この夢は忘れてしまうと思う。でも、できれば……あなたに伝えたい。だから、こうやってわたしは呼んでいるの」

「いつもみたいに？　忘れる……？」

「うん。そうだね……何度も、わたしとあなたは会っている。ここで」

言葉を重ねながら、彼女が似ているのは登季子だけではないと気づく。

この人は、九十九にも似ているのだ。

「もしかして、あなたも湯築の巫女なんですか？」

そう感じたのは、直感だ。なんとなく、彼女は湯築家の巫女だと思った。

すると、女の人は嬉しそうに微笑んだ。

「ああ、察しがよくて助かるね。もう八十二回も会ってるし、そろそろ慣れてきた？」

「は、八十、二回……？」

え？　そんなに？　そんなにたくさん、九十九はこの女の人と会っているのだろうか。

「巫女が見る夢だよ。本来なら、もっとたくさん見なきゃいけないんだ。でも、あの子は強情だからさぁ……あなたには、見せたくない夢なんだって。困るよね」

「見せたくない……？　誰が？」

誰が？

その答えを待たずに、顔が一人浮かんだ。

「あなたみたいに、わたしと神気が近しい巫女は、そういないから。深淵までのぞかせてしまう」

「深淵？」

「一番、記憶の深いところ――だから、怖がっているのよ。まだ、どの巫女も辿り着いたことはないから」

女の人が片手を軽くあげた。

すると、闇の中から真っ白な狐がすり寄ってくる。気配は感じなかったが、いつの間に、現れたのだろう。

「どうしてですか？」

問うと、白い狐をなでながら、女の人は視線をあげた。

「さあ……きっと、あの子が許していないないからだね」

「許していない？」

「わたしは、もういいって言ったつもりだったんだけど……難儀な子。自分を許すための整理に時間がかかっているのよ。ずっと後回しにし続けたツケだ」

「それは……あの白鷺――あの方が二人いることに、関係があるんでしょうか？」

なぜか、九十九の口からは名前が出てこなかった。どういうわけか、名前を呼べない。

しかし、女の人には、九十九の示す相手が誰なのか伝わっているようだ。

「口では否定しているけど、あの子も本心では同一だと感じてる。だから、面倒なのよ」

本心？

と、九十九は聞き返したつもりだった。

けれども、喉から声が出ていない。九十九の声は、目の前の人物には届いていなかった。

唇だけが言葉を描いて、空回りしている。

「時間だね」

九十九の様子に気づいて、女の人は苦笑いした。やれやれと、肩をすくめている。

「おねがい」

急激に意識が遠退《とおの》いていく気がした。まだ沈んでいたいのに、水面まで身体が浮いていってしまうような感覚だ。

「あなたが受け入れてくれると、嬉しい」

女の人は寂しそうな表情で、そう言った。横にひかえる狐の鳴き声も、どこか切なげであった。

そして、九十九に羽根を差し出す。シロの羽根だった。

九十九が羽根を受けとると、視界がかすむ。

もう、夢が終わるのだ。


はい。


九十九は、声が出ない唇で返事をする。

聞こえていないと思う。

けれど、伝わっていると信じて。

終　恋みくじに未来は

湯築屋の初詣《はつもうで》は伊佐爾波神社で行う。

冬の早朝は空気が乾いている。

結界の外へ出ると、息が白かった。このまま凍って、氷の粒にでもなりそうだ。きっと、鼻や耳は赤いに違いない。

朝の空も、九十九は好きだった。

朝日が昇ったばかりの東方は、茜色に燃えている。

そして、白んだ空を青が浸食していく。薄い波のような雲が美しいグラデーションに染まっていた。

湯築屋の結界では、ずっと同じ藍色ばかり広がる。

こんな時間の空など、滅多に見る機会はなかった。

じっと見ていると、吸い込まれそうな気がする。

深く……深く……潜っていけそうな空だ。

「うーん……」

なにかを、忘れているような引っかかりがあった。

九十九は、それがなんだったのか思い出せずに、首を傾げた。大事なことだったような気がするが……どうしても、わからない。

まあ、いい。それよりも、真冬の朝は冷える。

「寒いのか？」

九十九が両手に息を吹きかけていると、シロがのぞきこんできた。もちろん、湯築屋の外なので、傀儡だ。

人形めいた顔がこちらに向けられていると、ちょっと怖い。

「寒いですけど……シロ様の傀儡、冷たいので温めてくれなくていいですからね」

「なん……だと……？」

傀儡では表情が乏しいが、シロはショックを受けているようだった。九十九の肩を抱こうとした手が固まっている。

「早くしますよ。小夜子ちゃんたち、先に行ってるんですから」

「そう焦らずともよいではないか」

「シロ様の支度ができていなくて、遅れたんですよ」

「仕方なかろう。おめかししておったのだ」

そう言って、シロの傀儡は胸を張った。

いつもの簡素的な服ではない。きちんと、お正月らしく袴を穿いて盛装していた。傀儡の黒髪にあわせた黒っぽいデザインは、貫禄がある。

「おめかしって、近所じゃないですか」

「九十九だって、着飾っておろうに」

「わ、わたしは……時間通りだったから、いいんです」

指摘されて、九十九はプイッと顔をそらす。

菊柄の深紅の晴れ着であった。髪には、普段より派手な菊の髪飾りを挿している。寒いので、肩からはもふもふの白いショールをかけていた。

九十九はつい、手持ち無沙汰にショールをなでる。シロの毛みたいで、気持ちがいい。

「化粧もしておるな」

「……悪いですか」

九十九は普段、化粧をあまりしない。接客前に、色つきのリップを塗る程度だった。

しかし、この日は碧にフルメイクを施してもらっている。

化粧下地、ファンデーション、アイシャドウ、アイライナー、アイブロウ、マスカラ、チーク、白粉《おしろい》、口紅……あと、九十九には名前がわからない細々としたアイテムもたくさん使用した。

大人の女性って大変だなぁ。そう思ったが、化粧をした自分の顔を見ると、嬉しかった。

顔そのものが大きく変身したわけではない。

それでも、顔色が明るくなると、いつもと違って見えた。こんなに変化するものなのかと、鏡に食い入ってしまったくらいだ。

気分が華やぐ。

お化粧で女性が変わるって、本当なんだなぁ。そう実感した。早く自分でも、お化粧ができるようになりたい。

「ふむ」

そんな九十九の顔を見て、シロは顎をなでていた。

シロの反応を見て、九十九はだんだんと自信がなくなっていく。

「ど、どうせ……シロ様はお化粧しないほうがいいって、言うんですよね。わかってますから！」

インターネットで、そういう意見を目にした記憶がある。シロは、九十九をいつも「美しい」とか「愛らしい」と褒めていた。

あまり化粧が好きではないのかもしれない。

「しないほうがよいなどと。儂は、そのようなことなど言っておらぬ。儂のために化粧したのではないのか？」

「え……」

どうして、そんなことを聞くのだろう。

九十九はたじろいだ。

「化粧は神事に欠かせぬからな」

「あ、そういう……」

どういう意味なのか邪推してしまったではないか。

化粧は元来、神事や晴れの日に行われてきた。いわゆる、神様のための行為なのだ。つまり、神様――シロは化粧が好きである。

「ま、まあ……初詣ですから。シロ様のためじゃないです。そういうの、自意識過剰ですからね！」

「つれないではないか。儂だって神の一柱なのに。ねがいの一つでも、言ってみるがよい」

「だって、シロ様はいつも湯築屋にいますし」

「儂には、おねだりできぬと言うのか！」

「おねだりって、言い方！　シロ様、言い方！」

「だって、天照がこういう言い方を女子《おなご》は好むと」

「なんで、もっとマトモなことを教えてもらわないんですか⁉」

天照はシロをおちょくっているのではないか。そんな気になってきた。本当に、もっとマシな言葉を覚えてほしい。

「もう……」

九十九はブスッとした表情をしてしまう。視線をやや下にして、シロから顔を隠して歩いた。

「そのような顔をするな。せっかく、美しくなったのに台無しではないか」

トンッと背中を押された。

すると、九十九の背筋がピンッと伸びる。

「もっと儂に顔を見せよ」

シロは隣を歩いていた。ベタベタされて、顔が近すぎるわけでもない。

「あ……あ、はい……」

それなのに、心臓の音がドクンと胸まで届いた。

魚が水面を跳ねるように。

遅れて、心がじんわりと熱くなってくる。

あ、嬉しいんだ……。

なんとなく、自分の感情を把握して、九十九はどういう表情をすればいいのか、わからなくなった。

嬉しいものを、そのまま表現していいのか、戸惑ってしまう。

シロ様に……好きって伝えたい。

九十九のことを一番好きになってほしい。

そうも思っている。

だが、それ以上に、今は九十九の気持ちを伝えたかった。

ただ伝えるだけでも、よいのではないか。

迷惑かな？　迷惑……だよね……。

しかし、この想いをずっと抱えているよりは、楽になれるのでは？

自分が楽になるために、吐き出してしまおうか。

そのほうが、いいのかも……？

「九十九」

「はいっ」

伊佐爾波神社の石段に辿り着いていた。

百三十五段という長い石段を前に、シロが手を差し出している。

「のぼりにくかろう？」

「あ……はい」

出された手に、自分の手を重ねた。

傀儡の手は冷たいけれど、なんとなく、温かさがある。

「なんか、今日のシロ様……」

ちょっと気が利いてる？

そう言いそうになって、やめた。絶対に調子に乗るに決まっている。九十九には、オチは見えていた。

「あ、須佐之男命様」

石段を半分ほどのぼると、ちょっとした広場がある。伊佐爾波神社の摂末社である素鵞社を前に、須佐之男命がたたずんでいた。

須佐之男命は秋祭りから珍しく長期滞在していたが、お正月が過ぎれば、お帰りになるらしい。

「おうよ！　初詣してやがるんですかー？」

須佐之男命はあいかわらずの口調で片手をあげた。

素鵞社は須佐之男命と、妻の櫛名田比売を祀った社である。

伊佐爾波神社の祭神は、応神天皇、仲哀《ちゅうあい》天皇、神功《じんぐう》皇后、宗像三女神《むなかたさんじょしん》である。それらの他に、境内の摂末社には、各々別の神様が祀られている。

素鵞社も伊佐爾波神社の摂末社の一つであった。

「はい、初詣です。うちは毎年、伊佐爾波神社なんです」

「そうか、そうか。まあ、上の連中も、アンタらに毎年顔出してもらえたら、喜びやがりますよ」

「ありがとうございます。須佐之男命様も、どうですか？　上まであがりませんか？」

「んー……いいや。俺が行ったって、迷惑がられるだろうよ。一応、神だし。神が神を詣るって、変でしょ？」

たしかに、神様が初詣はおかしいか。

シロは傀儡を使っているし、ノーカウントだろう。実際、毎年シロは境内に一緒に入るだけで、参拝には参加しない。

「一応だなんて……須佐之男命様は立派な天津神ですよ」

「俺、その辺の立ち位置が微妙なんですけどね」

須佐之男命は天照とともに生まれた天津神だが、高天原を追放されている。その後の物語は、八岐大蛇を退治するなど数々の試練を乗り越える様が古事記に描かれ、天照と対になる地上の主人公的な役割を与えられていた。

いわゆる、国津神と呼ばれる神々は、地上におりた須佐之男命に連なっていると考えられている。

須佐之男命が「微妙」と言っているのは、高天原を追放されたことに由来するのだろう。彼を天津神とするか、国津神とするか、見解がわかれるところでもある。

「今でも、姉上様を怒らせてしまいやがりますし」

天照と須佐之男命のやりとりは、異様と言えば異様であった。

二人とも、互いを好きなのはわかるが、絶妙に歯車があっていない。シロは天照が須佐之男命に「甘い」と評していたが、どことなく、どう接すればいいのかわからないのではないか、とも思えた。

須佐之男命のほうも、なんとか天照に好かれようとしているが、やり方がわからない。そんな風に見えるのだ。

不器用すぎる。

もどかしいと感じる距離感であった。

「本当に、天照様がお好きなんですね」

九十九はふんわりと笑った。

「好きっていうか……」

「そういうの、たぶん、はっきり伝えないと駄目ですよ」

言いながら、九十九は自分の言葉に違和感を覚えていた。

はっきりと伝えないと、駄目。

前に、九十九自身も八雲から言われたような気がする……。

今、九十九が須佐之男命に向けている言葉は、そのますべて自分に返ってきていた。

まるで、山びこのようで、息苦しくなる。

「んー……まあ、今にはじまった話じゃあねぇしなぁ」

須佐之男命は頭のうしろで手を組み、空に視線を遣った。

「まあ……細かいことを気にしてるだけなんでしょうがね。俺も姉上様も、別天津神《ことあまつかみ》でもねぇし、考えても一緒でしょうかね？」

須佐之男命は視線を空から戻しながら、笑う。

しかし、戻ってきた視線がとらえていたのは、話し相手である九十九ではないようだった。

少しうしろに立つシロの傀儡に向けられている。

「別天津神……？」

湯築屋には来ないお客様たちだ。

日本神話の天地開闢《かいびゃく》、いわゆる、天地創造の際に登場する原初の神々である。

独神《ひとりがみ》で性別がなく、他の神々のように連なる系譜を持たない。古事記での影響力は薄く、これ以降、彼らについて語る神話はほとんどない。特に、最初に現れた神とされる天之御《あめのみ》中主神《なかぬしのかみ》については、まったく言及がない。

その別天津神と、天照や須佐之男命を区別するような言い方に、九十九は違和感を覚えていた。

そして、なぜか……ふと、顔が浮かぶ存在がある。

どうして、九十九の脳裏に、それが浮かんだのかは、わからない。

「行くぞ、九十九」

シロは九十九の手を引く。まるで、話を無理やり区切りたがっているようであった。

「え……はい」

九十九は戸惑いながらも、シロについて再び石段をのぼりはじめる。

途中で須佐之男命のほうを見るが、もうそこに彼の姿はなくなっていた。

「九十九ちゃーん！　早くー！」

石段の上では、先に待っていた小夜子が手をふっている。碧や八雲も、待っていてくれているだろう。

九十九は白い息を切らしながら石段をのぼりきる。

「はあ、疲れた」

「おつかれさま。ほら、見て」

小夜子にうながされて、九十九は自分が今のぼってきた石段をふり返った。

「わあ……！」

思わず、声が漏れる。

眼下に延びる長い石段。更に、その延長線上に、なだらかな坂が続いていた。一直線のような道を中心に、道後の街が広がっている。

空は日の出の茜に染まり、道後に光が降り注いでいた。

街が輝いている。

いつも暮らす街が、まるで生きているかのように思えた。

「石段のぼった甲斐があったね」

「うん!」

九十九と小夜子は、互いに笑いあい、参道を歩く。

ふと、九十九はシロのほうを見遣る。

傀儡の表情は乏しくて、なにを考えているのかわかりにくい。

「シロ様」

「なんだ?」

「綺麗ですね」

「ん? 今更、儂の美しさに惚れなおしたか?」

「そっちじゃないですよ。景色が綺麗ですねって言ったんです」

指摘されて、シロはようやく、景色に視線を向けていた。

同じ場所にいたのに、シロは同じものを見ていない。価値観がズレているとはいえ、なんとなく、寂しい気もした。

「嗚呼。たしかに、そうだな」

「気がない返事ですね」

「見る必要もなかったからな」

「……そういうところ」

これだから、神様って。

九十九はシロと、こんな風にたくさんのものを見たい。

同じものを見て、同じように美しいと言えたら素敵だ。

もっと、もっと、シロ様と――。


『お前がいれば、我《わし》は、それでよいからな』


え？

今、なんか……。

九十九はよくわからない焦燥感に駆られる。胸の奥がざわざわと震えるように、なにかがわいてくる。

これがなんなのか、九十九には正体がわからない。

わからなかったが……怖くてたまらなくなった。

「シロ、様……？」

思わず、名を呼んだ。

すると、シロは不思議そうに首を傾げる。

「どうした？　九十九？」

キョトンとした面持ちで、シロが瞬きした。特に変わった様子もなく、九十九を手招きする。

「行くぞ。疾く詣《まい》るのだろう？」

「え……はい」

今のは、気のせい？

九十九はもやもやしたまま、先に進んだ。

伊佐爾波神社の社殿は鮮やかな丹塗りで彩られており、美しい。

細かな彫刻が施された極彩色の海老虹梁《えびこうりょう》や、金箔のはられた円柱など、豪華な風情であった。いくつも並んだ朱《あか》い柱を見ると、日常から離れた異空間のように感じられる。

伊佐爾波神社は延喜式《えんぎしき》にも記された古くからの神社だ。日本に三例しかない整った八幡造りであり、国の重要文化財に指定されている。

「………………」

初詣の間、九十九は何度もシロを確認してしまう。

だが、特に変化はないようだった。

いつも通りだ。

なにもない。

「ねえ、九十九ちゃん。おみくじ引こうよ」

小夜子にうながされて、九十九もおみくじ箱の前に立った。

「ここの恋みくじ、当たるんだって……きっと、いいことが書いてるよ！」

浮かない顔でもしていたのだろうか。小夜子は、九十九に耳打ちしてくれた。なにをさせたいのだろう。小夜子は、ときどき、妙な気をつかってくれる。

なのに、お金を入れて、おみくじを引く間も、九十九は先ほどのことを考えていた。

あれは……シロではなかった……と、思う。

前にも、見た。

シロと似ているが、まったく異なる神気。

存在そのものは同じような――けれども、まったく異なる誰か。

あれは、誰なのだろう。

「え……？」

九十九は、引いたおみくじを開く。

思わず、表情が固まった。

「見て、九十九ちゃん」

黙ってしまった九十九の隣で、小夜子が自分のおみくじを開いた。

「大吉！　すごい具体的……B型で魚座の男の子がいいんだって。九十九ちゃんは、なにが書いてある？」

小夜子が嬉しそうにおみくじを見せてくれた。そこには、小夜子の言う通りの内容が記されている。妙に具体的で、普通のおみくじとは一風変わっていた。

しかし——。

「え？」

九十九のおみくじをのぞきこんだ小夜子が表情を曇らせた。困った顔で、九十九を見ている。

九十九も、同じ顔をしているだろう。

「なにも、書いてない……？」

おみくじには、なにも書いていなかった。

真っ白な縦長の紙だけが、手の中にある。

印刷ミスだろうか。こんなにたくさんのおみくじがあるのだ。ミスで白紙が入っている可能性もある。

「九十九、どうだったのだ？　美形で頼れる賢い旦那様に甘えろと書いていたのであろう？」

いつもの調子でシロが近づいてきたので、九十九は慌てて白紙のおみくじをクシャリと丸めた。

「そんなの、一言も書いてませんでしたよ。駄目な夫に気をつけなさいって、書いてました！」

「それは、おかしい。儂はこんなに完璧なのに」

「それ、冗談ですよね？」

「儂はいつだって、真面目だぞ」

九十九は話しながら、身体のうしろでおみくじを、ぎゅっと丸める。

小さく小さく丸めて、誰にもわからないようにした。

シロには見られたくなかったのだ。

そのおみくじは……まるで、シロとの未来を否定された気分だったから。

シロに見られると、その瞬間から、なにもかも消えてしまう。

根拠もないのに、そんな恐怖に怯えていた。

◆この作品はフィクションです。
実在の人物、団体などには一切関係ありません。

双葉文庫

た-50-04

道後温泉《どうごおんせん》 湯築屋《ゆづきや》❹
神様《かみさま》のお宿《やど》はお祭《まつ》り騒《さわ》ぎです

2019年12月15日　第1刷発行

【著者】
田井ノエル
たいのえる

【発行者】
島野浩二
【発行所】
株式会社双葉社
〒162-8540 東京都新宿区東五軒町3番28号
［電話］03-5261-4818（営業）　03-5261-4851（編集）
www.futabasha.co.jp
（双葉社の書籍・コミックが買えます）
【印刷所】
中央精版印刷株式会社
【製本所】
中央精版印刷株式会社

【表紙・扉絵】南伸坊
【フォーマット・デザイン】日下潤一
【フォーマットデジタル印字】恒和プロセス

ISBN978-4-575-52299-0 C0193
Printed in Japan